LA OBSESIÓN DEL MULTIMILLONARIO

Mason

J. S. SCOTT

Multimillonario Inalcanzable ~ Mason

Traducción: Marta Molina Rodríguez

Edición y corrección de texto: Isa Jones
Diseño de cubierta: Lori Jackson

ISBN: 979-8-665000-36-7 (edición impresa)
ISBN: 978-1-951102-29-6 (libro electrónico)

Dedicatoria

Este libro está dedicado a todas mis lectoras a quienes les gustan mis heroínas atípicas y mis relatos anteriores de chicas con curvas. Gracias por pedir más. Esta va por vosotras. :)

Besos,
Jan

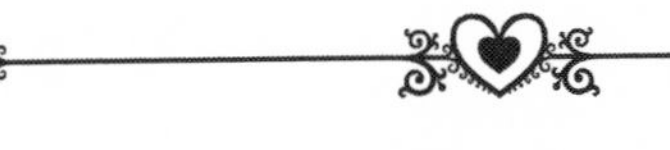

Índice

Prólogo

Laura

Hace un año…

Sabía que había tomado demasiado champán y tarta, pero no estaba muy segura de en qué orden los había tomado. ¿Un montón de tarta y luego media botella de champán?¿O primero me había bebido el champán y me comí el medio kilo de tarta por añadidura?

«¡Maldita sea! ¡Debería haberme saltado la fiesta de compromiso!».

Tenía el estómago revuelto, así que salí al patio a tomar un poco el aire. No acostumbraba a beber demasiado. Tenía un límite de una copa y lo respetaba. Por desgracia, tenía demasiadas cosas en la cabeza.

«Inspira. Espira. Inspira. Espira».

Dios, lo último que quería era vomitar en el patio del ático de lujo propiedad de un poderoso multimillonario.

—¿Qué demonios estás haciendo? —preguntó una voz grave y profunda desde un rincón oscuro del balcón.

«¡Mierda! ¡Hay alguien más en el patio!».

—Respirar —respondí tensa. Lo último que quería era compañía cuando estaba a punto de vomitar. Sin embargo, terminé girando la cabeza hacia la voz masculina, ya que observar todas las luces borrosas de Seattle me estaba mareando ligeramente. Me sorprendió ver que se trataba de Mason Lawson. Estuve a punto de gemir en voz alta.

¿Por qué tenía que ser él? Jett, el hermano pequeño de Mason, era el anfitrión de la fiesta y propietario del extravagante ático. Me fallaba la memoria, pero era imposible olvidar que había visto a Mason una vez, en una subasta benéfica. No habíamos hablado, pero aquello no me impidió admirar todos sus atributos a distancia. Se veía tan delicioso como aquella noche.

—Respiramos todo el tiempo —farfulló—. No creo que necesites intentarlo en realidad. Y lo estabas haciendo bastante fuerte.

—¿Te molestaba?

—No.

—¿Te estoy molestando?

—No.

—Entonces, ¿por qué quieres que pare? —Sabía que sonaba como una perfecta idiota, pero con la mente empapada de alcohol, no importaba.

—Solo preguntaba por qué respirabas tan fuerte. No te he pedido que pares.

—He comido mucha tarta y bebido demasiado champán. No me pasa casi nunca.

—Entonces, ¿por qué ha pasado esta noche? —cuestionó en tono disgustado. O, tal vez, Mason siempre estuviera disgustado. No era como si yo conociera su comportamiento normal.

Era una buena pregunta. ¿Por qué había bebido demasiado y me había atiborrado a tarta? Ahora que lo pensaba, estaba bastante segura de haber comido también algunos pasteles.

—Creo que estaba intentando huir de mis propios pensamientos —confesé porque no me importaba una mierda lo que dijera ni a quién en aquel momento.

—¿En qué estabas pensando? —preguntó, como si estuviera interrogando a un testigo de un crimen.

«¡Dios!». ¿Es siempre tan intenso?».

—Quiero tener un bebé —admití de buena gana, sin filtros debido al alcohol—. Me estoy haciendo vieja y nadie nos querrá realmente a mí y a un bebé. Bueno, estoy segura de que alguien se casaría conmigo porque soy una supermodelo. De acuerdo, soy modelo de tallas grandes, pero tengo dinero. A veces, cuando ganas mucho dinero, nunca estás segura de por qué un chico quiere estar contigo. ¿Sabes a qué me refiero? Y el tipo adecuado nunca ha querido estar conmigo —divagué, incapaz de callarme.

Él soltó una carcajada, un ladrido que sonó como si su risa estuviera oxidada y no la usara a menudo.

—¿Cuántos años tienes? —exigió saber.

—Treinta y tres. Mi reloj biológico corre y quiero ser lo suficientemente joven como para seguir jugando con mis hijos. Si tengo hijos. En plural. Aunque sería muy feliz si tuviera uno. Pero ser hijo único es muy solitario. —Nadie sabía aquello mejor que yo.

—¿Cómo quieres tener un hijo si no hay un hombre en tu vida? —preguntó, sonando confundido.

Le di una palmadita en el brazo.

—La mujer ya no necesita al hombre, tonto. Bueno, no a un hombre real. Pero sí necesita un donante de esperma. Así que, supongo que todavía lo necesita. Pero no tengo que aguantar a uno todo el tiempo. Solo necesito su esperma.

—¿Estás intentando decir que quieres tener un bebé probeta? —preguntó bruscamente.

Yo asentí con tanta vehemencia que me mareé.

—Sí. Mi óvulo, su esperma, y nunca tendría que conocer al tipo. Creo que es mejor así.

—¿Alguna vez se te ha ocurrido pensar que algún día ese niño querrá saber algo sobre su padre? —preguntó con expresión sombría.

—Yo lo querría lo suficiente como para compensar que el niño no tenga dos padres —lo contradije. Pero sí, había pensado en eso;

probablemente, esa fuera la razón por la que me había desinhibido e intentado olvidarlo en aquella fiesta.

—Tienes tiempo. Eres guapa y exitosa. Encontrarás a alguien que lo haga de la manera habitual —dijo en tono gélido.

—¿Siempre eres así de gruñón? —pregunté yo.

—¿Siempre eres tan charlatana? —respondió él.

—En realidad, no. Creo que solo estoy borracha. Supongo que será mejor que me vaya a casa.

—¿Sabes dónde está? —preguntó él secamente.

—Por supuesto que sí. No tienes por qué ser tan cruel conmigo solo porque quiero tener un hijo. Las mujeres lo hacen todos los días.

—Creía que estaba siendo amable —dijo vacilante—. Estoy hablando contigo.

«Si cree que está siendo amable, odiaría ver cómo es de mal humor», pensé para mis adentros.

—Bueno, gracias por la charla entonces —respondí mientras empezaba a dar media vuelta para encontrar el camino de regreso adentro.

—¡Espera! —ordenó mientras me agarraba del brazo—. En serio, no estaba intentando ser cruel.

Yo me volví hacia él.

—Está bien. No me conoces y probablemente sueno como una loca borracha.

—¿De verdad estás intentando tener un hijo? —preguntó de nuevo con la misma insistencia que hacía un momento.

—Lo estoy. Siempre he querido tener una familia. —Sentí que las lágrimas se acumulaban en mis ojos, pero como estaba borracha, ni siquiera intenté controlarlas.

Él apoyó sus enormes manos sobre mis hombros.

—Encontrarás a alguien. Puedes darle más tiempo. Demonios, yo tengo treinta y cuatro años y ni siquiera he pensado en tener hijos. O esposa, para el caso.

—Tú eres hombre. Puedes engendrar hijos hasta que mueras. Yo no puedo. Mi reloj corre.

—No corre tanto —espetó.

Empezaba a pensar que Mason Lawson no tenía idea de cómo ser amable. Pero estaba escuchándome. «Dios, qué demonio más guapo», pensé. Su pelo era oscuro, pero sus ojos eran de un gris ardiente, lo que me pareció muy atractivo.

—Sí lo hace —dije con lengua de trapo—. Lo suficiente como para estar sopesando ir a un banco de esperma. Cumplo treinta y cuatro en un par de meses.

—¿Alguna vez has considerado usar a alguien que conozcas? ¿Alguien que al menos pueda darte un historial médico y sus antecedentes? ¿Un tipo al que el niño puede visitar cuando sea mayor de edad? —Su voz aún era gélida y me miraba directamente a la cara sin perder detalle.

—Ay, Dios, no. No conozco a ningún hombre que esté dispuesto a hacer eso.

—Puede que yo conozca a uno —dijo con voz áspera.

—¿Quién?

Quería desesperadamente escuchar su respuesta, y estoy casi segura de que en realidad pronunció «yo» cuando me desmayé en sus brazos y él me atrapó antes de caer al suelo.

Capítulo 1

Laura

Un año después...

—¿Ya estás embarazada?

Puse los ojos en blanco al escuchar la voz áspera de Mason Lawson a través de mi teléfono móvil. Como de costumbre, parecía descontento, pero ese era su tono normal.

No es que no fuera consciente de quién llamaba exactamente antes de alcanzar el teléfono en el despacho de mi casa. Eran las seis de la tarde del domingo. Llevaba recibiendo la misma llamada todo el año. Cada domingo. A las seis de la tarde en punto. Mason no era nada si no era confiable, hasta el último segundo.

—No he ido a la clínica esta semana, no —le informé con un suspiro, tal y como hacía cada semana—. ¿Cómo sabes siempre que estaré en casa todos los domingos?

—Bien —dijo, reconociendo el hecho de que yo no hubiera acudido a hacerme la inseminación artificial durante los días previos a su llamada semanal—. Y sé que estarás en el despacho los domingos porque eres adicta al trabajo. Como la mayoría de la gente está haciendo cosas con la familia el domingo y la mayoría de los negocios están cerrados, es el mejor momento para trabajar en paz.

Yo solté un bufido.

—Supongo que tú lo sabes. También estás en tu despacho ahora mismo, ¿verdad?

—Por supuesto —respondió—. El domingo es cuando soy más productivo.

Yo puse los ojos en blanco, aunque él no me veía. Tal vez trabajara mucho, pero no estaba ni remotamente tan obsesionada con mi negocio como Mason con el suyo.

Por otra parte, tampoco era dueña de una de las empresas de tecnología más grandes del mundo ni era multimillonaria.

Tener exactamente la misma conversación por teléfono con él todas las semanas carecía completamente de sentido. El hecho de que yo siguiera respondiendo cada vez también era ridículo. Tenía que haber alguna solución para aquella locura.

—¿No podemos llegar a una especie de acuerdo por el que, en lugar de hacer esto todos los domingos, te avisaré si me hago inseminar?

—No —dijo toscamente.

—¿Por qué?

—Porque tengo la sensación de que, si sigo recordándote lo mala idea que es, no sucederá.

Me senté erguida en el sillón de mi despacho, golpeteando mi lápiz de dibujo contra la imagen medio acabada en mi cuaderno de bocetos. El tamborileo del lápiz resonaba cada vez más alto a medida que mi irritación iba en aumento. Sinceramente, estaba más enojada conmigo misma que con él. «¿Por qué demonios me he sentido tan aliviada cuando ha rechazado mi solución?¿De verdad me gusta esta tortura dominical?».

—¿Y qué pasa si no cojo el teléfono? —pregunté malhumorada.

—Siempre estoy preparado para dejar un mensaje detallado —respondió él tranquilamente.

«¡Claro que lo está!». Mason siempre estaba preparado para todo. Aquel hombre era como un robot que nunca se equivocaba. Tiré el lápiz sobre el cuaderno de dibujo, temerosa de que, si no lo hacía, acabaría dañando el trabajo realizado en mi nuevo diseño.

A lo largo del pasado año, Mason y yo habíamos construido una amistad muy cautelosa. Una amistad informal. «Qué demonios, quizás sería más preciso decir que somos una especie de conocidos que se llevan bien». Eso sí, Mason Lawson no era la clase de chico que se convertía en un amigo con el que pasar el rato. Yo estaba casi segura de que no tenía el tiempo… ni las ganas… de hacer muchas cosas aparte del trabajo.

Era áspero, muy irritante. Y, Dios, era un mandón. De hecho, era tan exigente, tan sereno y estricto que yo dudaba que nadie le negara nada a menos que fueran familiares, que podían salirse con la suya.

«Bueno, supongo que estoy yo», me consolé. Mi camino al éxito había sido tan largo y difícil que no estaba dispuesta a aguantarle mierdas a ningún tipo. Ya no. Pero Mason había sido tan constante con sus llamadas semanales que, a estas alturas, me limitaba a ignorarlo y le decía lo que quería oír porque era la verdad.

Tal vez yo creyera que acabaría por rendirse y dejaría de llamar. Pero él no lo había hecho. Lo cierto es que tenía que reconocérselo… Mason era tenaz. Yo nunca tenía noticias suyas en ningún otro momento, excepto… «A las seis en punto cada domingo. Como un reloj».

Sí, nos encontrábamos, pero supongo que sería una exageración decir que éramos conocidos que se llevan bien siquiera.

El hermano pequeño de Mason, Carter, se había casado con mi mejor amiga, Brynn, hacía unos nueve meses. Así que, nos habíamos visto obligados a estar en compañía el uno del otro durante sus nupcias.

Ahora solo quedaban seis días para la boda de su hermano Jett y, como yo me había hecho amiga de su prometida, Ruby, Mason y yo nos habíamos visto mucho durante las actividades previas a la boda. Yo era una de las damas de honor y él era uno de los padrinos de Jett. Era difícil no ver a Mason dadas las circunstancias. Puesto que Jett y Ruby habían esperado mucho tiempo para casarse, durante las últimas semanas habían organizado una serie de actividades cada semana previas a la celebración. Jett quería asegurarse de que su futura novia viviera toda la experiencia de una boda por todo lo alto, y yo estaba bastante segura de que la cantidad de eventos que había planeado excedían con mucho las expectativas de Ruby.

En otras palabras, Jett se había vuelto completamente loco para darle a su prometida la boda de sus sueños. A mí me habría parecido increíblemente dulce si aquello no hubiera supuesto que tuve que ver muchísimo a Mason durante unos pocos meses. Por suerte, este ahora se había quedado totalmente desprovisto de hermanos solteros, y sus hermanas ya estaban casadas y vivían en Colorado. A Dios gracias, nos cruzaríamos mucho menos cuando la boda de Ruby y Jett hubiera pasado.

«Puede que ahora deje de llamarme todos los domingos para preguntarme si estoy embarazada», pensé.

Me dieron ganas de golpearme la cabeza contra el escritorio cuando me recordé exactamente por qué conocía Mason una información personal mía tan delicada, por qué sabía que yo estaba sopesando la inseminación artificial. Como una estúpida, yo se lo había soltado durante una borrachera en la fiesta de compromiso de Jett y Ruby hacía un año, así que, quizás merecía aguantar sus breves y despóticas llamadas todas las semanas. Al fin, respondí tensa:

—Tengo casi treinta y cinco años. Sin un hombre loco por casarse conmigo y tener hijos en el futuro, cualquiera de estos días recibirás un *sí* por respuesta cuando me preguntes si voy a ser madre.

Me parecía perfecto no tener un hombre en mi vida, pero quería un hijo o varios. El dinero no era un problema. Yo era perfectamente capaz de darle a un niño o dos cualquier cosa que necesitaran y más. Mi larga trayectoria como modelo de tallas grandes me había hecho económicamente independiente, y mi negocio para desarrollar una colección de ropa femenina de todas las tallas estaba creciendo como la espuma. Mi nueva colección de ropa era una de las cosas que me había impedido perseguir antes mi objetivo de ser madre.

Brynn había invertido en Perfect Harmony casi desde el principio. Ella también era diseñadora de bolsos con un negocio de mucho éxito ahora, pero seguía siendo la persona con la que más hablaba cuando empezaba a sentirme abrumada por el éxito de Perfect Harmony.

El marido de Brynn, Carter Lawson, también había invertido en Perfect Harmony porque creía en mi marca. Mason había seguido su ejemplo por razones que yo nunca logré entender, con una suma aún mayor, y la colección de ropa había estallado cuando me pasé a la venta por internet hacía unos diez meses.

Ya que Brynn y yo éramos ambas exitosas como modelos, habíamos utilizado nuestra importante cantidad de seguidoras en las redes sociales para impulsar nuestras marcas. Pero yo sabía que, sin el dinero invertido por Carter y Mason, yo no sería ni de lejos tan exitosa como lo era en ese momento.

Más aún que el dinero, yo necesitaba su pericia. Y la había recibido en forma de sus expertos consejos por parte de todos los ejecutivos de *marketing* de alto nivel que trabajaban en Lawson Technologies, lo cual era otro factor importante del porqué del éxito de Perfect Harmony.

Solo lamentaba el haber tenido que retrasar la maternidad para manejar lo que se había convertido en una enorme empresa de éxito durante los últimos diez meses. Había tenido mucho apoyo de los Lawson para ampliar mi negocio y contratar a las personas adecuadas una vez que la marca se disparó. Los envíos se agilizaban desde un gran almacén y la página web se había finalizado después de algunos problemillas técnicos, pero yo seguía posando y desfilando para algunos de mis clientes de larga duración. Así que, mi agenda había sido una absoluta locura.

Por fin, el ritmo empezaba a ser manejable y últimamente podía quedarme más a menudo en mi despacho de casa para crear nuevos diseños. No había tantos fuegos que apagar ahora que todo marchaba sobre ruedas. De hecho, como ya no estaba tan frenética, en las últimas semanas había tenido tiempo para empezar a pensar en…

—No lo hagas —respondió Mason finalmente con tono de mal agüero, como si acabara de leerme la mente.

—Deja de decir eso —espeté. Yo ya había prestado atención a esa voz cauta en mi cabeza que exponía todos los obstáculos que podrían producirse con la inseminación artificial de un donante de esperma anónimo. No necesitaba que Mason me los reiterase todos cada puñetera semana.

—Sabes que tengo razón —contestó él con suficiencia.

Sentí un deseo desesperado de sacar la mano al otro lado del teléfono y abofetear su cara bonita.

—No, no lo sé —dije irritada—. Creo que, si te salieras con la tuya, yo terminaría con ochenta años y seguiríamos teniendo esta conversación. De todas maneras, ¿por qué demonios te importa lo que haga con mi vida? Apenas nos conocemos.

No era como si no le hubiera planteado la misma pregunta todos los domingos. Mason decidía no responder. Todas las puñeteras veces.

—No quiero verte lamentar tu decisión —respondió con brusquedad.

—Es mi decisión. Sí, entiendo el hecho de que un hijo podría preguntar por su padre algún día y que yo no tendría todas las respuestas que me gustaría. Y, aunque lo hiciera, es posible que el donante de esperma no fuera sincero. Lo entiendo, pero nadie tiene una vida perfecta. En serio, no necesito que sigas metiéndome en la cabeza las desventajas de dar ese paso.

Lo cierto es que debería contarle la verdad, lo que había decidido. No estaba muy segura de por qué no lo hacía. «¿Tal vez porque no es asunto suyo? ¿O acaso lo hago porque me encantar torturarme todos los santos domingos?», me pregunté.

—¿Estás bien, Laura? —inquirió.

—Sí. ¿Por qué? —Era una pregunta extraña viniendo de Mason. Nuestra llamada dominical solía ser breve y giraba en torno a un único tema: mi posible decisión de hacerme madre por inseminación artificial. Su pregunta acerca de mi bienestar personal era… anómala.

—Sé que la empresa emergente de Perfect Harmony en internet ha sido una locura. Tenías aspecto cansado en la fiesta previa a la boda el viernes por la noche —explicó—. ¿Es demasiado? ¿Necesitas más ayuda?

—No. Estoy bien. Tú y Carter ya me habéis ayudado bastante. Todo empieza a volver a la calma. Para serte sincera, acabo de volver a empezar a pensar en la posibilidad de ser madre ahora que tengo tiempo para respirar. —Como estaba siendo simpático, decidí que yo podía hacer lo mismo.

Oí a Mason soltar un suspiro exasperado antes de hablar, lo cual no era usual en él. Generalmente, se controlaba.

—Lo que no entiendo es por qué no hay un hombre llevándote a la cama todas las puñeteras noches e intentando darte lo que quieres con todo su ser.

Yo solté un bufido.

—Lo siento, pero el príncipe azul nunca llegó.

—¿Tiene que ser el príncipe azul? —preguntó con voz ronca—. ¿No puede ser un chico normal?

Mason nunca se había mostrado tan espontáneo. Ni de lejos. Generalmente, se limitaba a recordarme no hacer algo de lo que me arrepentiría y después colgaba. Yo tenía que reconocer que me sorprendió lo suficiente como para hacerme dudar un instante antes de responder.

—Podría serlo —confesé—. De hecho, yo lo preferiría. Toda esa historia del príncipe azul es un chiste. Nunca he encontrado a nadie que solo me quiera a mí. Y quizás una familia. Soy un imán de perdedores. Soy una mujer grande que resulta tener mucho dinero y un poco de fama. Hasta ahora, no he encontrado a un hombre a quien no le importen menos esas dos cosas que la mujer que tiene delante.

—Entonces estás buscando en el lugar equivocado —dijo con voz ronca—. Eres hermosa, Laura. Inteligente. Te preocupas por los demás a través de tus organizaciones benéficas, lo cual indica que eres compasiva. ¿Qué más podría querer un chico? Tiene que haber un millón de tipos dispuestos a dejarte preñada.

Aunque tenía los ojos empapados en lágrimas, tuve que contener una carcajada de sorpresa.

—Uno —lo corregí—. Lo único que siempre he querido es un chico.

«El adecuado», pensé.

—¿Cuáles son los requisitos? —preguntó con una voz grave que envió un escalofrío por mi columna.

—¿Para qué? —Fruncí el ceño. No sabía exactamente a qué se refería.

—Para ser ese chico que quieres.

Yo suspiré, incrédula de que Mason y yo estuviéramos teniendo aquella conversación

—Tiene que estar vivo.

—Eso lo había supuesto —respondió secamente.

—Debe tener trabajo y ser capaz de mantenerlo a jornada completa. No me importa qué clase de trabajo. No me importa cuánto le paguen. Solo quiero a alguien que tenga sus propios ingresos y no espere que yo lo mantenga totalmente.

—Por supuesto.

—Si cocina o pone una lavadora y limpia de vez en cuando, es un extra —cavilé, empezando a meterme en el juego de mencionar las cualidades que me gustaría haber encontrado en un chico con el que estuve saliendo hacía mucho tiempo.

—¿Y si puede permitirse quitarte esas tareas de encima contratando a alguien?

Asentí, aunque Mason no me veía.

—Mejor todavía. Eso quiere decir que tiene un trabajo magnífico que probablemente le encanta.

—¿Qué más? —interrumpió en tono brusco.

Yo me mordisqueé el labio inferior. «¿De verdad quiero desahogarme con Mason?». Probablemente podría haber dicho un millón de cosas para apaciguarlo, pero, por alguna razón, solté la verdad.

—Tiene que sentirse atraído por mí —dije a toda prisa, antes de que me diera tiempo a cambiar de idea.

—Eso es la mayor parte de la población masculina, casada o soltera —se mofó.

El corazón me dio saltitos de alegría. ¿De verdad creía Mason que todos los hombres del planeta me deseaban?

—No, no lo es —lo corregí—. Mason, soy más alta que la mayoría de los hombres. No es como si no me gustase a mí misma, porque no es así. Soy realista. No soy una modelo alta y esbelta. Soy una mujer muy alta y de constitución grande con mucha carne en los huesos. Soy más grande que lo que la mayoría de los hombres quieren ver en un anuncio de bañadores convencional. La gente intenta ridiculizarme por ser gorda en esta profesión constantemente. He luchado por la diversidad corporal durante la mayor parte de mi carrera, pero ha sido una batalla ardua. Los hombres, y a veces incluso las mujeres, no quieren verme alardeando de mi cuerpo voluminoso en anuncios que antes dominaban mujeres muy delgadas. Si trabajo para una empresa de tallas grandes, nadie se queja. Pero si empiezo a salirme de ese nicho, la gente que no quiere que las cosas cambien ni ser más realista me machaca.

—Eres preciosa, Laura. Si hay hombre al que no se le ponga duro cada vez que te mira, es un imbécil —contestó con voz ronca.

Yo puse los ojos en blanco.

—Entonces hay muchos hombres imbéciles por el mundo.

Intenté mantener un tono desenfadado, pero seguía tratando de superar la sorpresa al oír a Mason hablando de nada sexual. Nunca lo había hecho.

—Son unos requisitos bastante sencillos. —Se detuvo un momento antes de añadir—: Incluso yo sería apto para ser ese chico.

«¿Está bromeando?», pensé. «Por Dios, Mason Lawson es probablemente la fantasía de toda mujer. Es asquerosamente rico. Es poderoso en el mundo de los negocios. Dirige una de las empresas de tecnología más grandes del mundo. Es grande, atrevido y lo bastante guapo como para que se me derritan las bragas cada vez que lo veo. Cierto, es autoritario, pero eso no me intimida», pensé. Eso solo es una parte de su personalidad que he aprendido a ignorar, la mayor parte del tiempo al menos. Por algún motivo, mi instinto me decía que había mucho más en Mason, tanto que prácticamente anhelaba averiguar cuánto. No había ser humano que pudiera ser una máquina el cien por cien del tiempo. Yo sabía que había una personalidad y emociones bajo la fachada formal de Mason. Por desgracia, ni siquiera Brynn sabía qué tenía Mason en la cabeza y eso que estaba casada con su hermano. Inspiré hondo.

—Sí, tú definitivamente serías un aspirante —dije sencillamente, sin siquiera querer albergar la idea de que lo que acababa de decir era nada más que un comentario casual.

Los hombres como Mason podían tener a la mujer que quisieran y, por lo general, no solían escoger a una mujer de talla grande como yo. Como ya he dicho, soy realista.

—Te veré el viernes por la noche —dijo él, su voz de nuevo con el tono práctico habitual.

Fue casi un alivio que hubiera vuelto a ser el Mason que yo reconocía y al que me había acostumbrado. «¿Te veo el viernes?», pensé. Tardé un segundo en darme cuenta de que lo vería en la cena de ensayo del banquete de Jett y Ruby.

—Buenas noches, Mason. —Esperé a que colgara.

—Buenas noches, Laura —dijo él con un tono impenetrable.

La llamada se cortó antes de que me percatara de que, por primera vez, Mason había respondido deseándome buenas noches en lugar de solo colgar como hacía normalmente.

Me encogí de hombros ante su comportamiento inusual mientras dejaba el teléfono en el escritorio y volvía al trabajo.

Capítulo 2

Laura

—Había algo raro en Mason anoche —le conté a Brynn a la mañana siguiente cuando nos encontramos en una cafetería nueva para desayunar.

La conversación fuera de lo común que había mantenido con él llevaba fastidiándome desde que colgamos la pasada noche. Sí, había intentado no pensar en ello. Probablemente había sido una ocurrencia. Pero él estaba diferente y yo no conseguía averiguar por qué me resultaba tan condenadamente desconcertante. Tomé un pedazo de mi tortilla con verduras mientras la observaba poniendo los ojos en blanco.

—No me malinterpretes —respondió ella con ironía—. Me gusta Mason. Pero ¿cuándo es normal? Ese tipo es como una máquina. A veces ni siquiera estoy segura de que sea humano.

Posé el tenedor y tomé la taza de café.

—Sí, exactamente —dije pensativa—. No suele plantear preguntas; hace exigencias. Pero estuvo preguntándome cosas sobre qué clase de chico me gustaría encontrar cuando llamó anoche.

Brynn tosió como si se hubiera atragantado momentáneamente y alcanzó su vaso de agua. Nadie se percató siquiera de que estaba incómoda. El restaurante no estaba muy lleno, pero era la hora del desayuno, así que todo el mundo iba con prisas para llegar puntual al trabajo. Nosotras nos habíamos sentado en un reservado tranquilo en un rincón para poder charlar.

—¿Estás bien?

Brynn dio unos sorbos más de agua y después respondió:

—Estoy bien. No me hagas eso. ¿Lo dices en serio? ¿Mason te preguntó eso en vuestra llamada habitual del domingo por la noche? Creía que generalmente se trataba de una conversación autoritaria de dos minutos.

Yo asentí.

—Habitualmente, sí. Me dice que no me haga la inseminación artificial y luego cuelga. Pero anoche estaba diferente. Estuvo un poco más de tiempo al teléfono e hizo algunas preguntas extrañas. Bueno, extrañas para Mason, en cualquier caso. En realidad, nunca me pregunta nada excepto si estoy embarazada o no.

—¿Qué le dijiste?

Yo le lancé una sonrisa de satisfacción.

—Dije que me gustaría un hombre que trabaje, que esté vivo y que se sienta atraído por mí.

—Quería asegurarse de que tiene madera de papá —dijo Brynn con una sonrisa de satisfacción justo antes de hincarle el diente al desayuno—. Siempre he sabido que se siente atraído por ti.

«Ah, Dios. Otra vez con esa historia, no, por favor». Brynn ya llevaba mucho tiempo intentando convencerme de que Mason estaba loco por mí. Se había mostrado inflexible, como si fuera realmente posible que algo así sucediera.

—No está loco por mí —negué yo—. Simplemente parece pensar que sabe qué es lo mejor para todo el mundo.

—No es por eso por lo que te llama absolutamente todos los domingos. Laura, siempre se ha sentido atraído por ti. ¿Por qué te cuesta tanto creerlo?

Yo resoplé y alcancé mi taza de café.

—Mason Lawson no se siente atraído por mí. Se preocupa porque su hermano está casado con mi mejor amiga.

Brynn arrugó la nariz, lo cual se veía adorable en ella, pero a mí me habría hecho parecer un conejito rechoncho.

—Mason —dijo arrastrando las palabras— no pierde el tiempo en absoluto con alguien que no le gusta. Te llama absolutamente todas las semanas. Cierto, es una llamada corta, pero creo que lo hace porque teme que termines embarazada de alguien que no sea él.

Se me abrieron los ojos como platos y la miré boquiabierta.

—No quiere ser el padre de mi bebé —dije yo con firmeza—. Brynn, eso es una locura.

—Pensaba que creías haberle oído decir que quería serlo en la fiesta de compromiso de Jett y Ruby —me contradijo Brynn.

—Dije que creía que quizás lo había dicho. Estaba totalmente borracha, Brynn. Sabes que no aguanto bien el alcohol. Sinceramente, recuerdo muy poco de toda aquella noche. Después de un par de días sobria, sabía que probablemente me lo había imaginado. Dios, me odio por todo lo que hice aquella noche. Ni siquiera sé cómo llegué a casa.

Brynn me miró de manera inquisitiva.

—¿Mason no ha mencionado el incidente? ¿En absoluto?

Yo sacudí la cabeza.

—Nunca. Ni una sola vez. Aparte de que me recuerda todos los santos domingos con una llamada de teléfono que estuvo escuchándome divagar mientras estábamos juntos en ese patio, antes de que, por lo visto, me desmayara.

Me estremecí. Seguía avergonzada por mi comportamiento de aquella noche. Estaba disgustada porque había ido a la clínica de fertilidad aquel día y empecé a pensar en todas las razones por las que tener un bebé con un padre desconocido podría ser un problema. Por no hablar de que todo el proceso pareció algo que podía hacerse con un simple cargo a la tarjeta de crédito. Era impersonal, como cualquier transacción comercial.

No es que yo me considerase una romántica, pero escoger a un tipo para que fuera el padre de mi hijo como si estuviera comprando un vestido me parecía… triste.

Y después, cuando llegué a la fiesta de compromiso, me sentí... sola. No se trataba de que no me alegrara por Jett y Ruby, pero la fiesta fue un recordatorio flagrante de que no había conseguido encontrar a un chico que estuviera loco por mí. Razón por la cual había decidido recurrir a la inseminación artificial. Solos.

Demonios, ni siquiera había tenido un novio decente y, desde luego, nunca había estado ni remotamente cerca de ser la novia.

—Creo que Mason te llevó a casa —contestó Brynn.

—Yo, no —dije yo—. Creo que él lo habría mencionado.

La expresión de Brynn se volvió menos bromista y más seria.

—Estaba allí, en el patio, contigo, Laura. Los Lawson pueden tener sus defectos, pero nunca dejarían abandonada a una mujer indefensa. Te llevó a casa.

—Entonces, ¿por qué no lo dijo? Alguien me llevó a casa, desde luego. Tuve que tomar un Uber para ir a recoger mi coche a casa de Jett a la mañana siguiente. Pero no era Mason.

Tenía que seguir convenciéndome de que mi buen samaritano no fue Mason Lawson. Si lo hubiera sido, sería demasiado humillante como para digerirlo.

Brynn levantó una ceja.

—¿Ha mencionado alguien más haberte llevado a casa?

—No.

—A las pruebas me remito. Nadie más lo habría mencionado —razonó Brynn.

De acuerdo, decididamente yo había sopesado que ni un solo amigo había revelado nunca el hecho de haberme llevado a casa aquella noche. Pero tal vez hubiera sido alguien a quien yo no conocía muy bien. O, quizás, si había sido un amigo, no quería avergonzarme.

—Siempre he tenido la esperanza de que fuera una mujer, porque alguien me había quitado el vestido que llevaba aquella noche antes de dejarme en la cama. —Lo cierto es que habría hecho falta más de una mujer, porque yo no era precisamente un peso ligero.

—¿Por qué no se lo preguntas a Mason? —inquirió Brynn con curiosidad.

Era una pregunta legítima, pero en realidad yo no tenía una respuesta firme.

—Creo que en realidad prefiero no saberlo —confesé con un quejido—. La idea de Mason desnudándome hasta dejarme en ropa interior no es precisamente algo en lo que quiera pensar.

Brynn me lanzó una mirada inquisitiva.

—Laura, hiciste una sesión de fotos en bañador, por Dios. Millones de hombres la vieron. ¿A quién le importa si uno más te ve de esa guisa? Tú nunca has sido tímida, desde luego.

De hecho, Brynn se equivocaba. Tal vez hiciera un buen número cuando trabajaba como modelo, pero en mi vida personal tenía muchas inseguridades.

Tenía que presionarme para ser más atrevida, para salir de mi zona de confort. Pero lo hacía por todas las mujeres que no usaban la talla 32 o 34. Sin embargo, no había sido nada fácil para mí, eso seguro.

—No conozco a esos hombres —dije tensa—. Y sabes que me insultaron en todas las redes sociales por hacer ese encargo en concreto.

—Estabas absolutamente guapísima y *sexy* —respondió Brynn a la defensiva.

Yo sostuve la mano en alto para detenerla, para que no sintiera la necesidad de justificar mi foto en bañador. —No me avergüenzo de ello y he superado a los troles de las redes sociales. Sé que estoy en forma porque hago ejercicio todos los días y soy sana. Simplemente me resulta incómodo pensar en un desconocido desvistiéndome cara a cara cuando ni siquiera estaba consciente.

Estaba siendo sincera con Brynn. No podía cambiar mis genes. Era más alta que la mayoría de los chicos y estaba más sana con un poco de carne en los huesos. Sinceramente, me veía bien en la mayoría de mis sesiones de fotos porque era imposible ver lo grande que era exactamente en foto.

Sin embargo, no pensaba confesar que, en carne y hueso, me sentía un poco como el Gigante Verde, excepto por la piel color guisante.

Al ser modelo de tallas normales, Brynn también era alta, pero yo le sacaba unos cuantos centímetros y su constitución era pequeña y delicada. La mía… no.

Brynn frunció el ceño. —Creo que deberías preguntárselo a Mason, solo para asegurarte de que no ocurrió nada malo aquella noche.

—Si así fue, no lo recuerdo. No me quedé embarazada ni contraje ninguna ITS. —No había indicios de que hubiera sido agredida sexualmente, pero acudí a la consulta de mi médico para asegurarme de que no había sucedido nada extraño.

Aun así, tenía una laguna…

Resultaba desconcertante que hubiera perdido completamente la memoria de lo ocurrido aquella noche después de sincerarme con Mason en el patio del ático.

No saber qué había ocurrido durante el tiempo de mi desvanecimiento era lo que más me perturbaba.

Alguien me había llevado de vuelta a casa sana y salva.

Alguien me había llevado en su vehículo.

De alguna manera, alguien había llevado mi cuerpo sustancial y flácido hasta mi apartamento.

Alguien me había quitado casi toda la ropa, me había tapado y se había marchado de mi casa después de asegurarse de que yo estaba en la cama.

Resultaba bastante escalofriante no tener ni idea exactamente de quién había hecho todo aquello.

—Pregúntaselo —insistió Brynn—. Al menos, lo sabrás.

—Puede que lo haga. Lo veré en la cena de ensayo del banquete esta semana. —Toda la conversación me recordó que necesitaba saber lo ocurrido, aunque eso significara que tenía que hacer preguntas embarazosas—. Usualmente, nuestras conversaciones son tan cortas que no surge la oportunidad.

—Hasta anoche, ¿verdad? Las cosas cambiaron. ¿Qué más dijo? —me alentó ella.

Yo dejé caer el tenedor en mi plato vacío. —Mencionó que cumplía mis requisitos de lo que quiero en un hombre. Lo cual no significa que me desee. Creo que solo intentaba decir que mis estándares no son muy específicos. Te lo juro, cree que todos los chicos del mundo piensan que soy irresistible.

—Y tiene razón —respondió ella con obstinación mientras se reclinaba en su banco y se cruzaba de brazos.

Yo levanté las cejas mientras daba un rápido sorbo de café. —¿De verdad? Entonces dime por qué todos los novios que he tenido han sido completos imbéciles.

— Porque tú nunca has exigido más —respondió Brynn de inmediato—. Eran egoístas. A ninguno de ellos le importabas. Todos querían algo que tú podías darles. Mira a Justin, por ejemplo. Estaba tan centrado en sí mismo que no era capaz de preocuparse una mierda por nadie más.

Yo me encogí avergonzada. Habían pasado un par de años desde Justin y, desde entonces, yo no había sentido deseos de estar con nadie más. No porque mi relación hubiera sido buenísima con él, sino porque había sido muy mala.

Brynn tenía razón. Justin era un capullo arrogante. Era un modelo masculino de físico perfecto. Pero su carrera nunca había llegado a florecer. Lo único que quería él en realidad eran mis contactos en el mundo de la moda y mi ayuda para ser el centro de atención.

—No era muy profundo —convine.

Ella sacudió la cabeza. —No se trataba de eso solamente. Estaba utilizándote. Te mereces a alguien a quien le importes, Laura. A veces tengo que preguntarme si en el fondo no crees que no mereces nada mejor.

Su comentario me dejó preguntándome lo mismo.

Mi ex nunca había dejado de hacerme sentir menos por ser modelo de tallas grandes, aunque quería mi ayuda. Había sido así con todos los hombres con los que había salido, incluso antes de llegar a usar tallas grandes. —Eh, al menos ninguno de esos perdedores duró mucho —dije con falsa alegría.

Todas las relaciones románticas que había tenido en mi vida habían sido breves y nada significativas.

Brynn se enderezó y apoyó los codos sobre la mesa. —Pero tú necesitas a alguien para toda la vida. Y tienes que importarle tú más que él mismo —dijo en tono serio.

—El príncipe azul no llegó —respondí yo en tono sombrío, repitiendo lo que le había dicho a Mason la noche anterior.

Decididamente, él no es el príncipe azul, pero creo que deberías probar con Mason, Laura. Al menos sabrás que no está contigo por tu dinero ni por tu fama —me persuadió Brynn—. Hay algo ahí. Incluso Carter lo piensa. Hay una razón por la que Mason te llama absolutamente todas las semanas. Hay una razón por la que te mira como lo hace cada vez que te ve en persona,

—¿Cómo me mira?

La expresión de Brynn se tornó en una sonrisa traviesa. —Como si te desnudara con la mirada.

—No se siente atraído por mí —farfullé. Sin duda, nunca había visto una mirada lasciva por parte del hombre—. Mason Lawson es guapísimo, rico y muy inteligente. Y Dios sabe que es muy resuelto. Pero ya lleva un año llamándome una vez por semana, Brynn. ¿No crees que me habría pedido salir si quisiera?

—No necesariamente —dijo Brynn pensativa—. Carter dice que Mason no ha pensado en nada excepto trabajo durante más de diez años. No ha tenido novia desde la universidad. Por lo visto, probablemente sea tímido y haya perdido la práctica con respecto a las citas. Puede que se sienta inseguro a la hora de salir con alguien.

Yo estuve a punto de escupir el café. Tragué apresuradamente y me eché a reír. —¿Mason? ¿Te refieres al Mason que manda a todo el mundo? ¿Ese chico?

Ella hizo una mueca. —De acuerdo, puede que no sea tímido a la hora de trabajar y dirigir la vida de todo el mundo. Pero no es un mujeriego, Laura. Carter dice que nunca lo ha sido.

Dudé un momento y dejé de reír antes de decir:

—Ninguna mujer rechazaría a Mason. Lo tiene todo. Bueno, excepto por esa costumbre tan molesta de decirme lo que tengo que hacer. Aunque creo que solo lo hace porque, en realidad, nadie lo ha desafiado nunca.

Brynn hizo una mueca.

—Nadie lo desafía porque lo único que hace la mayor parte del tiempo es hablar con los empleados. Y tú eres guapa, inteligente y tienes talento. Ningún chico te rechazaría a ti tampoco. Por Dios, eres Laura Hastings, supermodelo y empresaria de éxito. Tú también podrías tener a cualquier hombre que quisieras.

—Evidentemente, no encuentro al adecuado —bromeé—. Y, aunque agradezco tu confianza, Mason Lawson no se muere por salir conmigo, así que vamos a dejarlo.

Al contrario de lo que creía mi mejor amiga, yo no pensaba que hubiera ningún hombre exitoso y detallista que se muriera de ganas por salir conmigo. En el fondo, quizá sí creía que no merecía nada más que a alguien que me utilizara. Mi autoestima era un trabajo en proceso constante. Había intentado con todas mis fuerzas no permitir que el rechazo sufrido en la infancia me hiciera sentir que no merecía nada mejor, pero a veces aún conseguía derrotarme.

—Ya veremos —respondió ella en tono ominoso. —¿Vas a traer acompañante a la cena de ensayo?

—No.

—Entonces, sabes que probablemente terminarán encasquetándote a Mason al lado, a menos que él traiga a alguien.

Sentí una molestia irritante en el pecho ante la idea de que Mason se presentara allí con una cita.

—¿Está pensando en traer a alguien? —Intenté no sonar celosa. Porque no lo estaba. Simplemente… sentía curiosidad.

Brynn sonrió con suficiencia.

—No, que yo sepa. Reconócelo, te sientes atraída por él y no quieres verlo con otra.

Yo puse los ojos en blanco.

—Si trajera a alguien, no es asunto mío —Soné mucho más tranquila de lo que me sentía. «¡Maldita sea! ¿Por qué tiene que importarme una mierda si Mason quiere llevar a una docena de chicas a la cena d ensayo si quiere?», pensé.

—Te importaría —dijo Brynn segura de sí misma.

Yo le lancé la expresión más indiferente que pude concebir.

—Mason y yo no tenemos ninguna perspectiva de futuro en absoluto de salir como nada más que como conocidos.

—Oye, no te pongas a la defensiva. Estás hablando conmigo —dijo Brynn con voz ligeramente dolida.

Me sentí contrita de inmediato. Solía hablar con ella como con una hermana, pero Mason era un tema del que me costaba hablar.

—Vale, la verdad —dije en tono de derrota—. Me atrae. Pero, decididamente, la atracción no es recíproca. Así que no tiene sentido hablar de él.

—Tal vez haya…

—¡Para! —le advertí con una mirada de advertencia.

Brynn se echó a reír y me guiñó un ojo, pero cambió de tema.

Me sentí agradecida cuando empezó a hablar de su negocio en lugar de seguir interrogándome sobre Mason.

Sería una exageración imaginarme los ardientes ojos grises de Mason analizándome con algo remotamente parecido al deseo.

Ni siquiera tenía sentido pensar en lo que parecería.

O en cómo reaccionaría yo si Mason lo hiciera.

Capítulo 3

Laura

El ensayo de la boda pasó sin contratiempos el viernes. La cena de ensayo fue otra historia. Cuando llegué al pequeño restaurante costero que Jett había reservado en su totalidad para la velada, me sorprendí al darme cuenta de que no íbamos a sentarnos todos en una gran mesa. Había demasiados invitados para eso.

Haciendo alarde de la tradición, Ruby y Jett aparentemente habían invitado a todos sus amigos y familiares. Por qué no, ¿verdad? Sin duda, Jett tenía espacio. No había ningún cliente normal en el restaurante.

Decididamente, no era una cena pequeña e íntima solo con el cortejo nupcial y la familia cercana. No es que me importara que hubiera una multitud. Yo no era precisamente tímida para socializar con mucha gente. Asistía a muchos eventos donde relacionarse era una necesidad.

Avancé hacia el centro del restaurante. El lugar no estaba repleto exactamente, pero había muchos invitados deambulando por la zona de la barra para tomar una copa antes de encontrar su mesa. Otros ya estaban sentados. Yo misma deambulé hacia la barra a medida que miraba los nombres junto a la configuración de la sala.

—¡Laura! —Oí la voz de Brynn que me llamaba y di media vuelta para encontrarla haciéndome aspavientos desde el otro lado de la sala. Mi mejor amiga se veía absolutamente despampanante con un vestido de cóctel azul marino mientras se acercaba a toda prisa. Brynn siempre parecía preciosa sin esfuerzo, pero ambas habíamos aprendido los trucos de la profesión de modelo, así que yo sabía que la belleza aparentemente sencilla se ejecutaba cuidadosamente para que así lo pareciera. El caso es que Brynn se vería fantástica incluso sin maquillaje y con un chándal andrajoso. ¿Yo? No tanto.

—Tú te sientas aquí —dijo emocionada mientras tomaba mi mano y tiraba de mí hacia una mesa pequeña.

Yo miré suspicaz la mesa para dos.

—¿De verdad tengo que mirar para ver quién se sienta frente a mí?

Ella me sonrió radiante mientras agarraba la tarjeta junto al segundo servicio. Ojeé la única palabra impresa en el papel: *Mason*.

—Brynn —gemí—. ¿Es una cita a ciegas?

—Por supuesto que no —respondió ella, intentando con todas sus fuerzas parecer indignada—. Es que los dos veníais solos.

Yo la miré fijamente, intentando evaluar si todo aquello era inocente o no. «No lo es. Conozco a Brynn casi mejor que a mí misma». Su mirada no llegó a cruzarse con la mía.

—¿Tú has planeado esto? —pregunté en tono acusador.

—Puede que le sugiriera a Ruby que los dos veníais solos.

—Y ella nos ha sentado juntos —dije con un suspiro.

—¿No quieres sentarte con Mason?

Yo me encogí de hombros.

—No me importa. Simplemente no quiero que se me encasquete a Mason porque estoy sola. Él es de la familia. Es el hermano del novio. Debería sentarse cerca de Jett y Carter.

—De hecho —dijo un barítono a mi espalda arrastrando las palabras—, yo también le pedí a Jett que se asegurase de que nos sentáramos juntos. No fue solo idea de Ruby.

El corazón me dio un vuelco cuando me giré para ver a Mason de pie justo detrás de mí. Me resultó imposible no mirarlo fijamente. El hombre tenía un aspecto delicioso con un traje gris a medida y una corbata gris y burdeos. Parecía acostumbrado a llevar traje, pero, indudablemente, no tenía aspecto domesticado. A mí me parecía que, en realidad, quería liberarse de la ropa que lo confinaba, pero sabía que no podía y aceptaba el hecho a regañadientes.

—Así que no te me están encasquetando exactamente —concluyó.

Yo le lancé una mirada de refilón a Brynn, que se alejaba de la situación lentamente. «¡Traidora!».

—Gracias —dije alzando la mirada hacia él—. Simplemente… es embarazoso.

Extrañamente, incluso con tacones de cinco centímetros, tuve que inclinar un poco la cabeza hacia atrás, lo cual era una novedad para mí. Mason era alto. Muy alto. Tenía la constitución de una apisonadora, con hombros tan anchos que podría cargar muchísimos problemas en semejante espacio y probablemente lo hacía. Era un tipo enorme, pero tenía un cuerpo tan musculoso que no parecía tener ni un gramo de grasa de más. Era puro músculo. La amplísima presencia de Mason era imponente, pero no de una manera incómoda; no para una mujer tan grande como yo, en cualquier caso. Casi me sentía pequeña a su lado, y eso era decir mucho para mí.

Él dio un paso adelante y me sostuvo la silla.

—Siéntate.

Me mordí el labio para contener una sonrisa. Parecía incongruente que fuera tan cortés para ofrecerme la silla y que, sin embargo, me ladrase una orden como si fuera una empleada. Pero me senté. La dulzura del gesto consiguió superar la exigencia brusca. Mason tomó asiento en su silla frente a mí y dejó caer algo junto a mi plato refunfuñando:

—Mi candidatura. Me presento oficialmente.

Miré fijamente el sobre de papel manila durante un instante, confusa.

—No entiendo —le dije.

Él tomó una carta y la examinó por encima mientras decía con calma:

—Cumplo tus requisitos. Tengo un empleo muy bueno y a todas luces estoy vivo, porque estoy hablando ahora mismo. No hay ninguna razón por la que no pueda ser tu chico para todo. Cierto, no soy el príncipe azul, pero estoy seguro de que puedo dejarte embarazada. Estoy más que dispuesto a intentarlo hasta que lo consiga.

Se me cortó la respiración al comprender exactamente qué intentaba convencerme de pensar.

—Es una broma enfermiza —dije con frialdad—. Y no me gusta.

Me dolía que Mason fuera una de las pocas personas de mi vida que sabían que yo quería tener un hijo y que eligiera tomárselo a broma.

—No tiene ninguna gracia. ¿Te parece que me estoy riendo? —Sus ojos abandonaron las palabras impresas en la carta y se centraron en mí.

Mi cuerpo se empapó de un calor incendiario, casi insoportable, cuando nuestras miradas se encontraron. Hablaba totalmente en serio y, a juzgar por la manera en que me miraba fijamente, yo empecé a pensar que le parecía una opción más tentadora para la cena que lo que había en la carta.

«¡Es ridículo! Mason Lawson no me desea de esa manera. No es posible».

Sin embargo, me di cuenta de que no estaba burlándose de mí. Hablaba en serio.

—No. Supongo que no es un chiste —dije sin aliento, intentando calmar mi corazón desbocado—. Solo resulta… extraño.

Él se encogió de hombros.

—¿No echaste una ojeada al historial de un hombre, sus atributos, características físicas, educación y todo lo demás para averiguar si es un padre adecuado para tu hijo?

—Lo hice —reconocí mientras alcanzaba el vaso de agua con hielo junto a mi plato. Necesitaba algo con lo que tragar el enorme nudo que tenía en la garganta. Después de tragar, añadí—: Detesté hacerlo.

—¿Por qué? —preguntó en tono ronco—. Forma parte del proceso, ¿verdad?

Me debatí sobre cómo explicarle a un hombre del carácter de Mason cómo me había sentido al pasar por ese proceso. Él era práctico. Pragmático. Impasible. Dejaba que la razón controlara su vida. Probablemente, nunca entendería lo sola que me había sentido aquel día en la clínica. Bajé la mirada hacia mi carta para no tener que mirarlo a él.

—Me sentí como si estuviera comprando un coche o algo así. O como si hiciera un pedido de comida rápida. Simplemente me pareció que debería haber sido de otra manera. Un bebé es un ser humano, vivo. Una nueva criatura.

Sí, sabía que sería impersonal tener un bebé de un donante de esperma anónimo. Y eso me parecía bien. O eso creía, antes de ir a la clínica. Pero, como lo estaba haciendo sola y como mujer soltera, el proceso carecía de toda intimidad o alegría. No me había parecido… personal. De acuerdo, tal vez después mereciera la pena porque tendría mi hijo, Podría prodigarle todo el amor que tenía para dar a ese niño. Sin embargo, encontrar un donante de esa manera me había parecido condenadamente… solitario. Razón por la que había estado lo bastante deprimida como para permitirme beber demasiado en la fiesta de compromiso de Jett y Ruby.

—Entonces, elígeme a mí. Al menos me conoces —respondió—. Estoy más que dispuesto a ser tu Big Mac.

Yo estuve a punto de atragantarme de la risa al beber agua, dándome cuenta de inmediato de que se refería a mi comentario sobre la comida rápida. Mason Lawson acababa de hacer un chiste, aunque nunca había esbozado siquiera una sonrisa. Lo observé mientras él volvía a ojear su carta. Parecía impasible, excepto por un pequeño tic que percibí a lo largo de su mandíbula.

«Está nervioso. Y está totalmente serio. Este hombre se está ofreciendo a ser el padre del hijo que quiero tan desesperadamente». Durante unos segundos, dejé que mi mente deambulara hacia cómo sería tener un hijo con Mason Lawson. Después, acallé esas cavilaciones rapidísimo.

Me sentía más atraída por Mason que por ningún chico en toda mi vida. Dejando aparte las llamadas dominicales, me gustaba lo que sabía sobre él. Era decididamente autoritario, pero yo tenía la sensación de que no lo hacía por malicia. Era más como si estuviera acostumbrado a ser el jefe y no supiera hacer nada de otra manera.

Nos interrumpió la camarera que vino a tomar la comanda de nuestras bebidas. Yo no había planeado beber alcohol, teniendo en cuenta mi historial con Mason, pero pedí una copa de vino blanco. Estaba segura de que la necesitaba. Él pidió un *whisky* con hielo y nos volvimos a quedar solos. Inspiré hondo.

—Mason, eres multimillonario. Diriges una de las compañías más grandes del mundo. ¿Por qué querrías un hijo con una mujer a quien apenas conoces?

Estaba abriéndose a toda clase de problemas. No es que yo fuera a presentar una demanda, pero me preocupaba un poco que se hiciera tan vulnerable a propósito. «Esto no tiene sentido. Mason es un empresario consumado. ¿Por qué demonios me ofrece esto?».

—No quiero un hijo con una extraña. Quiero uno contigo. Nos conoceremos mejor —farfulló.

Yo lo miré boquiabierta y pregunté con cautela:

—¿Cómo? ¿Tú también quieres tener un hijo? ¿Conmigo? No tiene sentido.

Él negó con la cabeza.

—Tiene todo el sentido del mundo, Laura. Tú tienes casi treinta y cinco años y yo cumpliré treinta seis pronto. Ambos estamos totalmente consumidos con nuestros negocios. Ninguno tenemos un interés romántico en potencia a la vista. Así que, propongo que hagamos un acuerdo razonable.

No se me escapó el hecho de que, en realidad, no había respondido la pregunta sobre querer un hijo propio, pero tuve que dar por supuesto que lo deseaba tanto como yo. ¿Por qué otro motivo se ofrecería a ser padre de un niño? Mi pregunta era por qué no lo había mencionado nunca.

—Entonces, ¿has decidido que quieres ser mi donante de esperma?

Él negó con la cabeza.

—No *in vitro*. No en un entorno clínico. De la manera natural. Tú quieres que todo sea más personal y yo puedo hacer eso.

Tragué un nudo en la garganta al percatarme de que estaba dispuesto a tener sexo conmigo. Mucho sexo, si pensaba dejarme embarazada. Me odié porque la perspectiva era condenadamente atractiva. Seguía intentando procesar desesperadamente lo que me ofrecía cuando le pregunté:

—Pero, ¿qué pasa si conoces a otra persona? ¿O si lo hago yo?

—No ha ocurrido hasta ahora —razonó él—. No voy a conocer a nadie. Por lo visto, tú tampoco crees que lo harás, ya que estás planeando tener el bebé de un desconocido. No hay príncipe azul. ¿Recuerdas? Entonces, ¿por qué no utilizarme a mí en su lugar?

Yo me quedé sin palabras. He de reconocer que yo ya me había resignado a vivir sin un hombre en mi vida. Ya ni siquiera estaba buscando uno; además, comprometerme con la maternidad consolidaría mi decisión de estar sola durante mucho tiempo. Esa criatura sería mi mundo, así que salir con alguien sería imposible para mí.

«Mason Lawson se está ofreciendo a darme el hijo que siempre he querido. Increíble», pensé atónita. Debería estar dando saltos de alegría ante la oportunidad, pero no podía. La conversación era tan surrealista que ni siquiera podía procesarla o comprender por qué se ofrecía, para empezar. ¿Estaba motivado para ofrecerse porque sentía lástima de mí? «No. No se ha convertido en el hombre de éxito que es por ser un humanitario. Ha de tener algún motivo oculto». De nuevo, la única explicación racional era que él también quería un hijo.

—No va a suceder —le dije finalmente—. Mason, ni siquiera sabemos si nos llevamos bien. Es la primera vez que tenemos una conversación de verdad. Tener un hijo no es un acuerdo de negocios. Podríamos terminar odiándonos. Peleando por un niño inocente. Tienes razón acerca de que el príncipe azul no haya aparecido. Ya ni siquiera busco tener un hombre en mi vida. Pero tener un bebé es un compromiso muy grande. Tú podrías conocer a alguien…

—No lo haré.—me interrumpió—. Ya te lo he dicho.

La cabeza me daba vueltas porque seguía pareciendo una locura que yo mantuviera aquella conversación con Mason Lawson.

—Sería un desastre. —Vacilé antes de añadir—: Y mencioné otro requisito.

Él dejó la carta a un lado para dedicarme toda su atención. El corazón me dio un vuelco al encontrarme con su mirada de acero. No podía apartar la mirada. No podía respirar. No podía pensar. Me sentía completamente cautiva. Parte de mí quería salir corriendo como alma que lleva el diablo, pero el resto no tenía deseos de huir. Mason levantó una ceja.

—Querías un hombre que te desee —dijo con voz ronca mientras sus ojos me devoraban entera—. Te prometo que ningún hombre te deseará más que yo, Laura. Cumplo todos los requisitos.

«¡Santo Dios!». Tragué un nudo en la garganta, atónita por el profundo deseo que veía en el torbellino argénteo de su mirada. Sacudí la cabeza, pero era casi imposible pronunciar las palabras.

—No… no… no puedo

Dios, pronunciar esas dos brevísimas palabras fue probablemente lo más difícil que había hecho en toda mi vida.

—¿Porque no te sientes atraída por mí? —preguntó con el ceño fruncido.

Se me encogió el estómago; juraría que había oído un ligero tono de decepción en su voz. ¿O estaba imaginando cosas?

—No. Me atraes —dije a toda prisa, poco dispuesta a dejar que creyera que lo rechazaba por eso. Sinceramente, quería quitarme la ropa y arrastrarme al otro lado de la mesa para desnudarlo a él. El deseo de tocar cada centímetro de su piel desnuda y caliente me corroía, haciendo que las manos me temblaran un poco. Quería saber cómo sería estar con un hombre que me deseara de verdad. Mason lo hacía. Lo veía. Su mirada era abierta y completamente carnal.

—Entonces, ¿no es que no me desees? —preguntó con voz ronca; su mirada lasciva hacía que me temblaran las piernas.

Yo hice un gesto negativo con la cabeza mientras me mordía el labio. Un calor húmedo fluyó entre mis mulsos y crucé las piernas porque era incómodo.

—No. Definitivamente, no es por eso.

Mason era la fantasía de toda mujer. Dios, sin duda, era mi sueño húmedo favorito. ¿Y el que me ofreciera tener una cantidad infinita de sexo con él? Eso era casi irresistible para cualquiera. Especialmente para mí.

—Bien. Todo lo demás se solucionará solo —respondió él con tono satisfecho.

Por primera vez desde que lo conocí, Mason Lawson sonrió de verdad. Su expresión masculina y severa habitual se transformó en algo muy distinto de la mirada sombría que estaba acostumbrada a ver en su apuesto rostro. Parecía… aliviado. Más feliz. Mucho más humano que como lo había visto nunca. Una vez más, tuve la impresión de que había mucho más en Mason bajo la superficie, parte de él que la gente rara vez solía ver. Y fue en ese momento, al expresar una emoción aparte de su actitud de sabelotodo habitual, cuando supe que estaba completamente jodida.

Capítulo 4

Laura

Curiosamente, la cena fue agradable de verdad. Mason dejó el tema del padre del bebé después de preguntar si echaría un vistazo a su información. Yo accedí a regañadientes y pasamos a otros temas.

«¡Gracias a Dios!». No es que estuviera pensando en aceptar su sugerencia absurda, pero necesitaba dejar ese tema de conversación. De inmediato. La conversación no podía seguir. Tarde o temprano, tendría que aclararle algunas cosas a Mason, pero la cena de ensayo de Jett y Ruby no era el momento ni el lugar para hacerlo.

Por fin pude relajarme cuando pasamos a otros temas para conocernos. Mason y yo éramos trotamundos, los dos. Por supuesto, yo había viajado considerablemente como modelo y él había dado la vuelta al mundo por negocios, así que tuvimos una conversación interesante sobre nuestros viajes y diversas culturas de todo el mundo durante los aperitivos. Mientras comíamos el plato principal, descubrimos que a ambos nos apasionaban nuestras causas benéficas y yo descubrí que donábamos y nos preocupaban sobremanera muchas de las mismas causas. Cuando ofrecieron el postre, yo alcé la mano para llamar a la camarera que empujaba el carrito de postres.

—Nada para mí.

—¿Estás bromeando? —preguntó Mason con el ceño fruncido—. Estás mirando esa tarta de zanahoria como si quisieras tener una relación muy íntima con ella.

Yo le sonreí.

—Oh, sí la quiero. Pero eso no significa que deba comérmela.

Mason tomó rápidamente un pedazo de tarta de zanahoria, me lo puso delante y después tomó un poco de pastel de crema de plátano para sí mismo.

—Gracias —le dijo a la camarera, dejando que avanzase hacia la siguiente mesa.

Se me hizo la boca agua al ver el dulce frente a mí mientras decía:

—No puedo comer eso, Mason. Ya me he tomado una copa de vino y he comido demasiado.

—No puedes estar llena. Casi no has comido —contestó con firmeza.

Yo solté un bufido.

—He comido bastante. Mucho más de lo que acostumbro. Tengo una dieta bastante estricta a la que me adhiero la mayor parte del tiempo. Ya me la he saltado esta noche. Y mucho.

—Estás muy guapa. Cómete la tarta —gruñó.

Observé a Mason mientras atacaba su pastel sin la menor señal de remordimiento.

Evidentemente, el hombre adoraba la comida y probablemente necesitaba un aporte calórico bastante importante para alimentar un cuerpo tan… grande.

—Tiene que valerme la ropa con la que desfilo —dije exasperada—. Los dulces son calorías malgastadas. Puede que sea modelo de tallas grandes, pero eso no quiere decir que deba aflojar el ritmo. El azúcar se me va directa a las caderas.

—Yo veo bien tus caderas. Laura, ¿quieres decir que estás gorda? —Tenía una cara muy descontenta.

—No. En realidad, no —respondí con cuidado—. Pero hay una razón por la que no soy una modelo corriente. No me vale la ropa.

Él se encogió de hombros.

—¿Por qué no hacen ropa que le valga a la modelo en lugar de lo contrario? Entonces, tomarte ese trozo de tarta no sería un problema. Demonios, no es un problema, en cualquier caso. Eres sana. Tienes un cuerpo bonito, escultural. No hay ningún motivo por el que debas privarte.

Yo miré el trozo de tarta culpable con el ceño fruncido, pero tomé el tenedor. «Qué demonios. Hoy es una ocasión especial».

—La industria no funciona así. Las modelos tienen que entrar en la ropa. Y yo no me mato de hambre. Ya no. Simplemente… tengo cuidado.

Su cabeza se alzó bruscamente.

—¿Ya no?

Empecé a comerme el postre, saboreando cada bocado.

—Solía adelgazar matándome de hambre lo suficiente para entrar en tallas de modelo corriente. —No tenía ni idea de por qué estaba compartiendo aquello con Mason, pero me sentía cómoda haciéndolo. No era como si no hubiera publicado mi historia aleccionadora para otras mujeres—. Estaba delgada. Peligrosamente delgada. Pero mi agente y diseñadores seguían presionándome para que perdiera más peso. Tomaba pastillas adelgazantes y no comía lo suficiente para mantenerme con vida. Resumiendo, me privaba tanto de comida que llegué al punto en que se me caía el pelo, me desmayaba y mi cuerpo se rebeló. Enfermé.

—¿Por qué demonios hiciste eso? —preguntó con las fosas nasales dilatadas.

—En mi sector, si no entras en la ropa, no trabajas. Brynn y yo éramos amigas, compañeras de casa y estábamos en la misma situación. Teníamos que privarnos de comer para conservar una talla anormalmente pequeña. Una noche, ambas estábamos llorando en nuestro apartamento en Nueva York porque nos moríamos de hambre. Y a mí seguían animándome a que adelgazara más, aunque era todo piel y huesos. Creo que esa fue la noche en la que Brynn y yo nos dimos cuenta de que nos estábamos matando lentamente, de que lo que habíamos estado haciendo era increíblemente dañino. Ambas decidimos juntas que no estábamos dispuestas a morir para ser delgadas. Brynn ya era tan popular que cedieron y le permitieron alcanzar un peso más sano. Yo engordé y me pasé al modelaje de tallas grandes.

—Estabas matándote de hambre, literalmente —dijo él con voz ronca.

Yo asentí.

—Si no hubiera dejado de perseguir un cuerpo de la talla 34, probablemente habría muerto. Algunas mujeres son naturalmente delgadas y están sanas así, pero yo, no. —Inspiré hondo antes de seguir—. Parecía un esqueleto andante y seguían presionándome para que adelgazase más. —Suspiré—. El mundo de la moda tiene una faceta oscura. Realmente oscura. Brynn y yo nos hemos dejado el trasero trabajando desde que llegamos al límite para intentar hacer que la industria de la moda muestre un poco de diversidad corporal. Las jóvenes que vienen a la industria no necesitan quedar atrapadas en ese infierno, y no es realista. Solo una pequeña parte de la población femenina está destinada a tener una talla 32 o 34. Es un mal ejemplo para mujeres jóvenes que aspiran a ser modelos algún día. Modelaje aparte, no quiero que ninguna joven crea que debe ser tan delgada como una modelo para atraer la atención de los hombres, a menos que sea una de las pocas sanas con esa talla.

—No todos los hombres lo encuentran atractivo —musitó Mason mientras terminaba su pastel.

Yo le lancé una mirada dubitativa mientras tragaba otro bocado de tarta y dije:

—La mayoría lo hacen.

—Yo, no —gruñó mientras dejaba caer el tenedor en su plato vacío.

—¿Por qué? —no pude evitar que las palabras salieran de mi boca. Sentía curiosidad. La mayoría de los multimillonarios querrían modelos muy guapas, diminutas colgadas de ellos.

Él dejó caer la servilleta en la pila de platos vacíos frente a él.

—Jugaba de defensa en la liga universitaria de fútbol americano, Laura. Por si no te habías dado cuenta, soy un hombre grande. No me resulta cómodo estar con una mujer a la que temo hacer daño si le pongo las manos encima. No me atraen.

«De acuerdo. Qué raro», pensé. Había visto muchos hombres de la talla de Mason que seguían deseando a una mujer diminuta que los hiciera sentirse invencibles. Me moría de ganas de escuchar más. Pero no pregunté. En realidad, sus preferencias no eran asunto mío, ¿verdad? ¿Y qué si deseaba a mujeres más grandes y con muchas curvas? No era como si fuera a acostarme con él. Independientemente de lo atractiva que pudiera resultarme la idea.

—No vuelvas a matarte de hambre —dijo bruscamente—. No lo necesitas, y que se joda lo que quiera la industria de la moda. Siempre y cuando te sientas bien, no importa la talla de ropa que lleves.

Se me derritió el corazón y lo sentí gotear hasta formar un charco en el suelo, a mis pies.

«Dios, qué gusto oír a un chico decirme eso. Cierto, estoy satisfecha con quien soy la mayor parte del tiempo, pero nunca ha habido un hombre que no me hiciera sentir como si debiera esforzarme por ser más pequeña. Quizás porque todos los chicos con los que he estado trabajaban en mi sector, así que tenían la misma mentalidad».

—Creo que eres el primer hombre que me ha dicho eso —bromeé.

—Entonces has estado con los hombres equivocados —dijo con voz ronca.

—Puede que sí —dije intentando mantener un tono desenfadado, aunque el corazón me batía con fuerza en el pecho.

La conversación parecía muy sensual… aunque no debería. Resultaba seductor que Mason pareciera encontrarme condenadamente *sexy* tal y como era. No había desviado la atención ni una sola vez, a pesar de que había un montón de mujeres despampanantes en el restaurante. No ojeaba la sala en busca de algo mejor ni buscaba una mujer más delgada y atractiva. Mason me trataba como si fuera la única mujer de todo el restaurante. Para mí, resultaba increíblemente embriagador. En mi sector, siempre estaba rodeada de mujeres que recibían mucha más atención que yo.

«Pero, ahora mismo, no. Aquí no. No con Mason».

—Tengo que preguntarte algo —dije sin aliento en la voz.

Necesitaba cambiar de tema y no se me ocurría una mejor manera de hacerlo que haciéndole algunas preguntas que llevaban mucho tiempo calentándome la cabeza.

Él asintió marcadamente.

—Entonces, pregunta.

—¿Qué pasó aquella noche en el ático de Jett?—pregunté dubitativa—. En su fiesta de compromiso. Sé que alguien me llevó a casa, pero no recuerdo mucho después de que habláramos en el patio. ¿Viste quién me llevó a casa? Lo último que recuerdo fue contarte que quería hacerme la inseminación artificial. Todo lo demás que ocurrió aquella noche es una laguna.

Una mirada de sorpresa atravesó su apuesto rostro mientras inquiría:

—¿No recuerdas nada más?

Yo sacudí la cabeza.

—No creo que sucediera nada malo, pero tengo que saber qué pasó exactamente.

Él frunció el ceño.

—¿Qué crees que pudo haber ocurrido?

—No lo sé —confesé—. Cuando me desperté a la mañana siguiente, no recordaba cómo había llegado a casa. Nunca bebo tanto. Supongo que el alcohol me sentó mal. Estaba disgustada por mi visita a la clínica aquel día. Así que me atiborré y lo pagué. Ni siquiera sé si fue un hombre o una mujer quien me llevó a casa. Y estaba… —«Demonios, ¿de verdad quiero contárselo a Mason?»—. Estaba sin el vestido y en ropa interior. —Me obligué a pronunciar las palabras. Si quería su ayuda, tenía que admitir que era bastante vulnerable.

—¿Quieres saber si alguien se aprovechó de tu debilidad aquella noche?

—Sí. Me siento realmente estúpida porque…

—No lo sientas —dijo en tono brusco—. No pasó nada. Yo te llevé a casa. La fiesta estaba tan concurrida que nadie se dio cuenta. Te saqué por la puerta trasera y la mayor parte de la gente estaba cerca de la zona delantera del ático.

Lo miré boquiabierta.

—¿Hay una salida trasera? ¿En un ático?

—Por supuesto. Tal vez la gente no entre y salga por ella a menudo, pero hay dos salidas. Hice todo lo posible para asegurarme de que nadie tuviera nada de lo que cotillear.

—¿Cómo supiste dónde vivía? —seguía atónita de que fuera Mason quien me había llevado a casa.

Él encogió sus enormes hombros.

—Tiene sus ventajas eso de ser uno de los hombres más ricos del mundo. Tengo un buen equipo de seguridad que puede averiguar dónde vive prácticamente cualquiera.

Yo me desplomé sobre el respaldo.

—Ay, Dios —gemí—. Lo siento muchísimo.

—No lo sientas —insistió rotundamente—. Son cosas que pasan. De vez en cuando, todos hacemos algo que no es precisamente sensato. Me alegro de haber estado allí para llevarte a casa.

Yo lo miré con una ceja levantada. Dudaba mucho que Mason hiciera jamás algo fuera de tono. Por alguna razón, me costaba imaginármelo borracho como una cuba. Le gustaba demasiado tener el control.

—Entonces, ¿qué pasó?

—Nada. Te llevé a casa.

No se me escapó que, por primera vez aquella velada, Mason no parecía querer mirarme a los ojos. Prosiguió:

—Te quité el vestido. No creí que quisieras dormir con él puesto.

Yo me mordí el labio para contener un nuevo gemido en voz alta. «¡Mierda!». Por alguna extraña razón, no había nada espeluznante en que Mason me desvistiera porque yo estaba tan borracha que no podía hacerlo yo misma, pero seguía totalmente avergonzada. «¿En qué demonios estaba pensando?», me reproché. El problema era que no había pensado en nada aquella noche. Me limité a beber sin control hasta que me desmayé. Era algo que nunca había hecho.

—Lo siento muchísimo —musité en voz baja—. No deberías haber tenido que hacer eso, pero me siento agradecida de que no pasara nada malo.

—Si hubiera pensado que quizás supusieras que había sucedido algo malo, lo habría mencionado antes. Pero después de llevarte a casa hubo un momento en que me estabas hablando. Supongo que no te acuerdas. Creía que sabías que había sido yo.

—¿Qué dije? —pregunté con cautela, no muy segura de querer saber qué más había mascullado a Mason en mi borrachera.

Él vaciló un instante antes de responder:

—Nada importante. Solo creí que eras consciente de quién era yo y de que estabas en casa. Si hubiera sabido que no recordabas lo ocurrido, lo habría mencionado hace mucho tiempo.

—¿Vomité? —inquirí, alarmada de haber podido hacerlo delante de Mason.

—No. Me aseguré de que estabas bien y dormida antes de irme de tu casa. Me habría quedado para ayudarte si hubieras vomitado. Sonaba ofendido de que yo pudiera creer que se marcharía si me hubiera encontrado mal.

—Entonces ¿me habrías retirado el pelo de la cara si hubiera decidido adorar al Dios de porcelana? —bromeé.

Él me miró como si fuera un bicho raro mientras respondía:

—¿No lo haría cualquiera?

«No. Claro que no. La mayoría de los hombres no lo haría». Evidentemente, él nunca había oído a ninguna mujer hablando de querer un chico que le sujetara el pelo si vomitara hasta abrazarse al retrete. Personalmente, yo no tenía ni idea de lo que se sentía al tener un hombre que me adorase tanto. Ni de lejos.

—No. No todo el mundo lo haría —respondí finalmente.

Yo lo observé hasta que nuestras ojos se encontraron por fin; mi corazón dio saltitos de alegría al ver la sinceridad en su mirada tempestuosa mientras decía:

—Yo lo haría.

Un anhelo intenso me hizo estremecerme y, como ya no podía controlar mis reacciones ante él, tuve que apartar la mirada. Aquel gesto fue puro instinto de supervivencia. Si quería aguantar el resto de la velada con Mason, tendría que mantener la guardia. A pesar de lo áspero y formal que solía ser siempre, había algo en su manera tan franca de responder a mis preguntas que me conmovió. Fue como si les hablara a todas y cada una de mis inseguridades, resuelto a hacerlas desaparecer como por arte de magia. ¿Acaso sabía que, en el fondo, yo anhelaba esa aceptación por parte de alguien como él? ¿Cómo podía saberlo? Sinceramente, yo sabía que solo se estaba comportando como Mason, un chico al que no conocía realmente hasta aquella noche.

Brynn tenía toda la razón cuando dijo que Mason no era un mujeriego. Si lo era, toda su atención no me habría aterrado como lo hacía en ese momento. Deseaba a Mason con locura. Había abierto la puerta que yo cerré hacía mucho tiempo a un deseo perezoso, y mis ansias no tenían absolutamente nada que ver con el querer un padre para mi bebé.

«Podría hacerme daño. ¡Mucho!», me recordé. No estaba segura de dónde venía esa idea exactamente pero el repentino reconocimiento me hizo cerrar de golpe y a toda prisa la puerta a mis emociones más oscuras.

Capítulo 5

Mason

—No puedo creer que me hayan echado de mi propia casa —dijo Jett descontento mientras los dos pasábamos un rato en mi patio con una copa más tarde—. Mason, gracias por aguantarme esta noche. Ruby dice que da mala suerte verla hasta que camine hacia el altar mañana.

Yo me bebí de un trago el resto de mi cerveza mientras me preguntaba cómo demonios podrían tener mala suerte Jett y Ruby por verse antes de la ceremonia al día siguiente. Mi hermano pequeño estaba tan condenadamente enamorado de Ruby que atravesaría el inframundo por ella, y volvería a hacerlo si con ello no la hiciera feliz la primera vez.

—Tal vez deberías haberte casado rápido como hizo Carter con Brynn —dije yo.

Jett negó con la cabeza.

—Ruby era muy joven cuando nos conocimos. Y conoces su historia. Yo no creía que estuviera preparada. Y no me mató esperar. Sigo vivo. Ella estaba viviendo conmigo. Pero tengo que reconocer que estoy más que preparado para que sea totalmente mía.

«¡Dios!». El anhelo desnudo en el rostro de Jett me corroía las entrañas. Odiaba que a nadie en mi familia se le negara algo que quisiera. Y Jett necesitaba a Ruby. La necesitaba desde hacía mucho tiempo. Puede que esperar a casarse con ella no hubiera acabado con Jett, pero tampoco había sido un paseo.

—Mañana se acaba la espera. ¿Entiendo que no tienes reservas? —pregunté, perfectamente conocedor de que mi hermano pequeño quería poner fin a la tortura de no poder decir que Ruby era su esposa.

—Ninguna. —Me lanzó una mirada que preguntaba si estaba de broma mientras se levantaba y se dirigía a la barra del patio para tomar otra cerveza. Volvió con una para ambos y me entregó la botella antes de dejarse caer en el asiento frente a mí.

—Me lo figuraba —le dije—. Pero supongo que tenía que preguntar. Soy el mayor.

Como si Jett necesitara una especie de charla de padre a hijo antes de su boda. No la necesitaba. Pero seguía siendo mi hermano pequeño. Jett había encendido el brasero que había entre nosotros, algo que yo nunca había hecho porque no pasaba en casa el tiempo suficiente para hacerlo. «Tengo que reconocerlo: es relajante», pensé. Oía el agua de la bahía Elliott lamiendo la costa, que estaba a unos metros del patio.

Era raro que cualquiera de mis hermanos parase por mi casa, ya que yo no vivía en pleno centro de la ciudad. «Demonios, casi nunca estoy aquí», reconocí para mis adentros. Hacía años, había querido una casa en lugar de un apartamento, justo al lado del agua. Ahora, apenas hacía nada allí excepto dormir y, a veces, tampoco dormía mucho.

Jett me lanzó una sonrisa de oreja a oreja.

—No eres precisamente lo bastante mayor como para ser mi padre. Y ya sabes que soy increíblemente feliz. Cuando dé el sí mañana, serás el último Lawson soltero. Te toca, hombre.

Yo hice un gesto negativo con la cabeza mientras le quitaba la chapa a la botella con un rápido movimiento de muñeca.

—¿De verdad crees que querré liarme con nadie después de veros a ti y a Carter pasar por ese infierno? No, gracias.

—¿Sabes? En realidad, no está tan mal —bromeó Jett—. Saber que tienes una mujer que siempre te querrá incondicionalmente es increíble cuando superas los instintos de hombre primitivo al enamorarte de verdad.

Yo me encogí de hombros.

—Me alegro por ti y por Carter, pero no tengo tiempo para esa clase de dramas. Nunca ha estado en mi punto de mira ni es algo que haya deseado.

—Y una mierda, a las dos afirmaciones —respondió—. Contratamos altos directivos y un director ejecutivo para poder tener más tiempo todos después de tantos años dedicándole cada minuto del día a estar en el despacho. Lawson Technologies ya no es una empresa novata, Mason. Es un gigante mundial. Tienes que dar un paso atrás y respirar hondo. Carter y yo estamos a punto de empezar a pensar que ya ni siquiera te acuestas con nadie.

—No. Hace mucho tiempo —dije irritado, antes de que me diera tiempo a pensarme dos veces el darle a mi hermano pequeño nada con lo que pudiera atormentarme más tarde.

Jett levantó una ceja.

—¿Desde hace cuánto tiempo?

—Da igual —contesté a toda prisa. Habían pasado años, literalmente. Bastantes. Pero eso no era algo de lo que fuera a hablarle a mi hermano pequeño.

—Antes de Ruby, no estuve con nadie en mucho tiempo —confesó Jett en voz baja.

—Seguías recuperándote de tus heridas —argumenté yo.

Él se encogió de hombros. —Supongo que era una buena excusa. Pero lo cierto es que no había nadie con quien quisiera estar. No, hasta que la conocí a ella.

—Pero eso no parecía molestar a Carter antes de conocer a Brynn —farfullé.

Jett rio entre dientes.

—Era un mujeriego, pero creo que empezaba a resultarle aburrido a él también, aunque probablemente nunca lo reconocería. Mira qué familia tenemos, Mason. Incluso Dani y Harper. Es como si hubiera una única persona en todo el mundo que puede hacernos perder la cabeza por completo cuando la conocemos. Y, entonces, no existe nadie más para nosotros excepto esa persona.

Yo me mostré de acuerdo con un gruñido.

—Supongo que eso hace imposible para todos los de nuestra familia el no ser monógamos.

—Yo nunca engañaría a Ruby. Para mí, ni siquiera sería posible. Es lo único en lo que pienso. Y cuando no estoy pensando directamente en ella, ahí la tengo, en la cabeza. Forma parte de mí.

—Parece incómodo —comenté secamente.

—Al principio —reconoció él—. Y después es increíble. Deberías probar.

—Ni hablar. No —sostuve.

Él me lanzó una mirada astuta de refilón.

—¿De verdad pretendes decirme que no te vuelves un poco obsesivo con Laura? Sé perfectamente que la llamas a veces, pero no veo que haya una relación. Nada se mantiene en secreto en esta familia durante mucho tiempo.

Yo podría haberme mostrado en desacuerdo con él acerca de no tener secretos en la familia que nunca hubieran sido revelados, pero estaba más interesado en lo que sabía sobre Laura.

—Por lo visto, no le interesa —respondí con indiferencia.

Hacia el final de la cena de ensayo, Laura se había mostrado cortés, pero fue como si se hubiera cerrado en banda en mi propia cara. Había evadido toda pregunta personal y mantuvo las cosas triviales, como si fuéramos perfectos extraños.

—¡Y una mierda! —exclamó a voces. Estás loco, hermano. Está interesada. ¿Le has pedido salir? ¿Ha dicho que no?

—No exactamente —respondí a regañadientes—. Pero me ofrecí a ser su donante de esperma y no dijo que sí.

Normalmente, yo no hablaba de mi vida privada con mis hermanos pequeños porque no tenía vida privada, pero empezaba a desesperarme por averiguar por qué Laura era tan reacia a elegir a un hombre al que conocía para que la dejara embarazada. Nuestro plan tenía sentido. Al menos, lo tenía para mí.

«Ella quiere un hijo. Yo puedo dárselo. Problema resuelto», pensé .

—¿Qué? —Jett me miró como a un bicho raro.

—Laura quiere tener un hijo. Estaba estudiando la inseminación artificial. Yo me ofrecí a dejarla preñada. La idea no le entusiasmó —farfullé, deseando haber mantenido la boca cerrada. Ahora tenía que explicarme y explicar lo que había hecho.

Hice jurar a Jett que guardaría el secreto antes de soltar toda la historia de lo ocurrido en su fiesta de compromiso y por qué llamaba a Laura todas las semanas.

—Joder —musitó él después de haber escuchado toda la historia—. Ya sabía que estaba sopesando elegir un donante de esperma anónimo porque se lo mencionó a Ruby. Pero ¿cómo es que no sabía que estabas tan colado por Laura? Sabía que la llamabas, pero no tenía ni idea de que era una llamada semanal. Y ¿cómo podía no saber que te importaba tanto que te ofreciste a ayudarla a tener un hijo?

—Porque yo nunca lo mencioné —dije en tono realista—. Nuestras conversaciones por teléfono siempre han sido breves. No es como si Laura y yo tuviéramos una relación.

—Pero tú quieres tenerla —dijo dándome un empujoncito a hablar—. Por Dios, Mason, le ofreciste tu esperma. ¿Qué hombre hace eso a menos que esté loco por una mujer? Tienes que querer mucho más que una simple amistad.

—No sé qué cojones quiero de ella —dije molesto—. Excepto llevarme ese precioso trasero a la cama.

—Debes de desearlo bastante si te ofreciste a dejarla embarazada —insistió él—. Mason, no lo fastidies. Es la mujer para ti. La mujer que puede volverte loco e irracional.

Jett dijo aquello como si fuera algo que se suponía que yo debía desear que ocurriera. Tal vez a él le gustara perder la cabeza por una mujer, pero, a mí, no.

—Yo nunca soy irracional —discutí—. Simplemente le pasé mi currículum y mi información personal en caso de que decidiera aceptar mi oferta. Fue todo muy formal.

Frunció el ceño cuando Jett se echó a reír a carcajadas y no paró hasta que se atragantó.

—¡Dios, Mason! ¿En serio? Por favor, dime que al menos le dijiste lo que sentías antes de hacer eso. Y espero por lo más sagrado que la invitaras a una buena cena. Con un ramo de flores quizás. ¿Regalos que muestren afecto? ¿Nada?

—Ya estábamos cenando en vuestra cena de ensayo —dije yo a la defensiva.

«Joder, puede que tenga razón. ¿Debería haberle comprado unas flores o un regalo?». Entonces me recordé a mí mismo que era una proposición de negocios, no un romance. Pero Laura había dicho que quería algo más personal. Así que, tal vez un poco de romance habría sido apropiado.

—Le presenté mi currículum en la cena de ensayo esta noche —le informé con tono contrariado—. No creí que todo lo demás fuera necesario.

Jett volvió a echarse a reír, con tanto ímpetu que me entraron ganas de extender el brazo por encima del brasero y darle un porrazo para que se callase.

Él resopló. ¿Dónde demonios has estado, Mason?

—Trabajando —respondí tenso.

—¿Cuándo fue la última vez que tuviste novia?

—En la universidad —dije turbado—. Cierra el pico y deja de reírte de mí.

—Hermano, en realidad no me estoy riendo de ti, Pero, santo Dios, parece que nunca has tenido un interés romántico en toda tu vida y que no tienes ni idea de cómo manejar lo que sientes por Laura. ¿Es verdad?

Yo lo fulminé con la mirada. —Tal vez.

Lo cierto era que Laura Hastings me había jodido por completo y yo llevaba más de un año en ese estado patético, aunque no quería admitirlo. «Jamás». Pero ya no podía seguir negándolo. Esa mujer estaba jodiendo por completo mi capacidad de poner toda mi atención en Lawson Technologies. Era una distracción tremenda.

—¿Por qué demonios no le pediste salir sin más para pasar un poco de tiempo juntos? —preguntó Jett estupefacto.

—Cuando nos conocimos, lo único que quería ella era un donante de esperma.

—Porque no había encontrado al chico adecuado —añadió Jett—. Venga, Mason, sincérate conmigo. No sé qué te ha pasado, pero llevas años intentando distanciarte de Carter y de mí. Sí, hemos estado juntos mucho tiempo por Lawson Technologies. Pero eso son negocios. También soy tu hermano.

Yo tuve que contenerme de encogerme visiblemente ante la última afirmación de Jett. Probablemente porque era absolutamente cierto y oí una punzada de dolor en su tono de voz. Me había mostrado distante con Carter y Jett, con un buen motivo e intencionadamente, o eso creía por aquel entonces. Pero, con el paso de los años, me di cuenta de que mi motivo ya no importaba tanto como hacía más de una década. Ya era hora de tirar algunas de las barreras que había levantado entre mis hermanos y yo debido a algo que no podía cambiar. Eran mis hermanos. Y yo echaba muchísimo de menos estar unido a ambos y a mis hermanas. Así que decidí empezar a tender puentes sincerándome con Jett en ese preciso instante.

—Deseé a Laura desde el momento en que la vi hace más de un año. Esperaba que la manera en que pensaba en ella todo el tiempo solo fuera una locura transitoria y que se me pasara, pero no ha sido así. No sé qué carajo me pasa. Ya no estoy tan centrado en Lawson Technologies como antes, y sabes que nuestra corporación es toda mi puñetera vida. Lo ha sido desde que murieron mamá y papá. No quiero querer a una mujer tan desesperadamente. —Inspiré hondo y proseguí—. Pero parezco incapaz de impedirlo. La llamo todas las malditas semanas solo porque quiero oír su voz. No puedo soportar la idea de que se quede embarazada y tenga el hijo de otro. De hecho, solo pensarlo me vuelve loco. Razón por la cual finalmente decidí ofrecerle un acuerdo. Creía que quizás ayudaría si yo supiera que no iba a tener el hijo de otro tipo. Dios, Jett, nada de esta mierda es normal. Me he dado un año para superarlo. Pero no puedo.

—Estás loco por ella —afirmó Jett rotundamente—. No se te va a pasar.

Yo lo fulminé con la mirada.

—Creo que solo estoy loco. Y punto. Este no soy yo, joder. Me siento como si un lunático se hubiera apoderado de mi cerebro y el cabrón se niega a marcharse, Yo no pierdo la cabeza por una mujer. Nunca.

Jett sonrió de oreja a oreja.

—Bienvenido a la locura, hermano. Te acostumbrarás. No va a mejorar. Te lo digo por experiencia propia. Lo único que ayudará es saber que estáis comprometidos el uno con el otro. Entonces, ¿qué dijo de tu oferta de ser el padre de su hijo? Has dicho que no dijo sí, así que doy por hecho que tampoco se negó.

—Creo que pensó que he perdido un tornillo —respondí—. Y yo no estaría en desacuerdo con ella. No la culpo por asustarse. *A posteriori*, creo que probablemente era mala idea. Creo que ella supone que lo hago porque estoy ocupado y también me gustaría tener un hijo.

Jett asintió lentamente.

—Puede ser. En realidad, no te has esforzado para conocerla mejor. Como ya he dicho, una relación de pareja de algún tipo habría tenido más sentido. Pero es típico de los Lawson. No somos razonables cuando se trata de nuestras chicas. En absoluto. Caemos tan rendidos que es como una obsesión.

—Exactamente —convine.

—Pero eso sigue sin explicar por qué no has dado el paso.

—Si me rechaza de plano, probablemente nunca volveré a hablar con ella. Me sentiría como un puñetero acosador si siguiera llamándola todas las semanas después de rechazarme.

—¿Te importa? —inquirió Jett.

—Sí. Me importa. No quiero que se cague de miedo. Dios, me doy miedo a mí mismo. Pero probablemente no podría evitar llamarla de todas maneras. Creo que estoy perdiendo la cabeza.

—¿Quieres un consejo fraternal? —preguntó delicadamente.

Yo vacilé un instante antes de asentir a regañadientes, odiando el hecho de que mi hermano pequeño estuviera a punto de aconsejarme. Sin embargo, tenía que formular un nuevo plan, porque lo que llevaba haciendo más de un año no funcionaba.

—Si quieres ganarte a Laura, tienes que dejar de tratar a todo el mundo como una transacción comercial. Tendrás que hacerte vulnerable.

«Sí, bueno, esa idea no me enloquece. Cerré esa parte de mí hace años. La parte vulnerable. No tengo ni idea de si podré volver a abrir esa puerta nunca».

Capítulo 6

Laura

«Tengo que contarle la verdad a Mason».

Eran casi las seis de la tarde del domingo, y en lugar de esperar en casa la llamada de Mason, estaba en las oficinas de Lawson Technologies, entrando al ascensor que me llevaría a la última planta del rascacielos donde sabía que Mason estaba trabajando. ¿Cómo podía no saber dónde estaba? Me había llamado desde el mismo sitio todos los domingos a las seis de la tarde durante el último año. Me aferraba con fuerza al sobre que me había entregado en la cena de ensayo. Había planeado devolvérselo en persona. Se lo debía, puesto que él me había dado tanta información personal.

Uno de los guardas de seguridad había introducido un código para permitirme subir a la última planta y yo observé cómo se cerraban las puertas. Antes de salir de mi apartamento, supongo que no había considerado el hecho de que entrar en el edificio de Mason en domingo sería tan difícil. El lugar estaba mejor guardado que Fort Knox, así que Mason ya estaba informado de que yo subía. Su equipo en la recepción le había llamado para pedir permiso para dejarme irrumpir en los despachos ejecutivos.

Me desplomé contra la pared del ascensor, el corazón desbocado cuando sentí que la cabina empezaba a moverse. «Quizás debería habérselo dicho por teléfono. ¿Por qué demonios he venido hasta aquí? Podría haberle enviado esta información de vuelta con un mensajero para asegurarme de que se la entregaran a Mason en mano», pensé.

Sacudí la cabeza. En mi corazón, sabía por qué. La conciencia me corroía viva y me sentía culpable de no haber desembuchado antes. Cierto, la cena de ensayo no era el momento ni el lugar de mantener una conversación profundamente personal. Pero también podría haberme negado a aceptar la información y usar el contenido del sobre.

Después de abrir el sobre lleno de información sobre Mason, me percaté de cuánto me había confiado y no me gusté a mí misma por no haber cortado aquello de raíz hacía meses.

La boda de Jett y Ruby había sido preciosa, pero la víspera yo apenas había visto a Mason. La ceremonia y el banquete habían pasado volando. Como parte del cortejo nupcial, Mason y yo habíamos estado tan ocupados que no tuvimos tiempo para hablar. Yo no habría intentado mantener esa conversación con él durante una boda, pero ni siquiera tuve tiempo de advertirle que iba a pasarme por su oficina en persona.

Debería haberle contado la verdad en la cena de ensayo en lugar de prometerle que le echaría un vistazo a su información personal. Debería haberme confesado durante una de nuestras muchas llamadas del año anterior. Pero no lo había hecho.

—Habría sido muchísimo más fácil —susurré para mí misma en voz alta.

Sin embargo, si esas llamadas hubieran terminado, yo no habría tenido ningún contacto con Mason. Después de un poco de introspección, me di cuenta de que, en el fondo, quería mantener abierta la línea de comunicación. «De acuerdo. Sí. Puede que el hombre me vuelva loca a veces, pero a su manera retorcida, se preocupa», pensé. Por alguna extraña razón, no había querido despedirme de eso.

No fue hasta que empecé a mirar su información personal, como me había pedido que hiciera, cuando me disgusté lo suficiente conmigo misma como para afrontar el verdadero motivo por el que no había sido totalmente sincera con él. Podría haberle dicho a Mason que se jodiera en cualquier momento. Podría haber dejado de responder a sus llamadas. El problema era que me gustaba tener noticias suyas todas las semanas, aunque pudiera ser totalmente molesto, y no quería que eso terminase. Aunque estuviera sermoneándome acerca de lo que era mejor para mí. Yo había disfrutado su atención, sin importar lo retorcidas que fueran sus razones para llamar. Probablemente porque sentía una atracción inexplicable hacia él desde el primer día. Tenía que reconocer que, quizás, en el fondo, esperaba que me pidiera quedar con él en persona. Solos. Puede que algo parecido a una cita. Pero nunca se había acercado ni remotamente a pedirme salir.

Sí, afirmó sentirse atraído por mí en la cena de ensayo, y yo lo creí en ese momento. Era posible que le gustara lo suficiente como para dejarme embarazada. El problema era que yo me conocía. Nunca me había sentido así por nadie y sabía que iba a querer más. El sexo con el único propósito de crear una vida me dejaría… vacía. Así que tenía que dejar de aferrarme a esa estúpida llamada semanal.

—Eso se termina ahora —dije en voz baja y firme mientras mis uñas se clavaban con nerviosismo en el sobre que llevaba en la mano, dejando pequeñas marcas en forma de medialuna en el papel.

Brynn tenía razón cuando dijo que me gustaba Mason. Sí, me gustaba. Pero tenía que acabarse. Aferrarme a una llamada semanal no iba a hacer que un chico como Mason decidiera como por arte de magia que quería… más. En realidad, estaba atormentándome, aunque no había hecho frente a la verdad hasta hacía muy poco. Inspiré hondo cuando el ascensor se detuvo y las puertas se deslizaron hasta abrirse. El aire que había tomado abandonó mis pulmones repentinamente al ver la figura alta, voluminosa y apuesta de Mason de pie frente a las puertas abiertas. Dios, estaba guapísimo, pero me sorprendió un poco verlo con unos *jeans* y una camisa blanca con el cuello desabrochado.

«Tenía razón. Sabía que detestaba llevar traje. De lo contrario, seguiría de punta en blanco, incluso el fin de semana». Desgraciadamente, Mason no estaba sonriendo, así que estaba bastante segura de que no se alegraba mucho de verme. «No importa. Tengo que hacerlo», me obligué.

—Necesito hablar contigo —dije intentando reunir valor.

Él frunció más el ceño.

—¿Estás bien?

«No. Nada bien. Pero voy a hacerte creer que lo estoy». Asentí mientras salía del ascensor.

—Estoy bien. Solo necesitaba hablar en persona hoy.

Él pareció aliviado.

—Vamos a mi despacho.

Lo seguí hasta que llegamos a un despacho privado enorme. Él se sentó en un sillón grande detrás de su mesa. Yo dejé caer el gran sobre en su escritorio, frente a él, antes de sentarme en una de las sillas delante de la mesa.

«Ahora o nunca. Esta es mi oportunidad para sincerarme y voy a tomarla. No más llamadas dominicales. No más medias verdades. No más esperar que Mason pueda pedirme salir algún día», me recordé.

—¿Has leído mi información? —preguntó bruscamente antes de que yo pudiera pronunciar una sola palabra.

—Parte de ella —reconocí—. Y después me di cuenta de que no podía seguir. Estaría fisgoneando en tus asuntos sin ningún motivo excepto la promesa que te hice de que lo leería. No estaba considerando tu oferta en serio, Mason. Lo siento. Supongo que solo quería terminar la conversación en la cena de ensayo, así que accedí a llevarme el paquete y echar un vistazo al contenido. Pero, en realidad, no tenía ninguna intención de utilizarte como donante. Ya he tomado mi decisión.

Levantó la cabeza bruscamente y, de pronto, sus ojos examinaban mi rostro.

—¿Has elegido a otro chico?

Había dolor en su voz y, de inmediato, yo me sentí más culpable de lo que ya me sentía antes de llegar a Lawson Technologies. Su mirada era solemne y me pregunté cómo podía verse un chico tan feroz y herido al mismo tiempo.

—No. No es eso. —Inspiré hondo y solté un largo suspiro—. La verdad es que he decidido no someterme al proceso. Creo que no quería un bebé por las razones correctas. Creo que me di cuenta de eso hace una año justo después de mi visita a la clínica. No quería un bebé; quería a alguien mío, un niño al que amar. Supongo que me he dado cuenta de lo egoísta que sería. Tenías razón. Algún día, ese niño querría saber de dónde venía y quién era su padre. Los donantes de esperma son anónimos, así que podría no saberlo nunca. Supongo que, si tuviera un fuerte instinto maternal, podría justificar hacerlo, pero ese no era mi motivo. En realidad, no. No me malinterpretes, me encantaría ser madre, pero creo que lo estaría haciendo porque ya no quería seguir sola.

Sentí brotar las lágrimas en mis ojos. No había sido fácil admitir la verdad para mí misma, pero había tenido que pensar en mis motivos para sopesar la inseminación artificial cuando visité la clínica y decidir si esas razones eran lo bastante buenas como para justificar el quedarme embarazada con el esperma de un hombre al que nunca conocería. Al final, no eran lo bastante razonables como para seguir adelante y tener un hijo biológico solo para tener un niño propio al que amar.

Sabía que mi motivación se debía más a que estaba sola que a un instinto maternal abrumador que no podía ignorar. Sinceramente, estaba bastante feliz con mi vida. Con mi trabajo. Con mis amistades. No necesitaba ser madre. Para mí, mi acto era completamente egoísta.

Hasta que fui a la clínica, no había pensado en cómo podrían afectar mis acciones y un nacimiento fuera de lo común al hijo que tuviera. Yo había crecido sin unos padres que me quisieran. Tenía algunos recuerdos de los años en que aún vivían, pero en su mayoría, todo lo que había experimentado era el rechazo. Aunque tenía mucho amor para dárselo a un niño, tenía que plantearme si no se sentiría rechazado por no tener un padre de verdad. Había llegado a la conclusión de que no había ningún motivo en absoluto por lo que tuviera que arriesgarme.

Mason permaneció callado, así que proseguí.

—He decidido que mi motivación era completamente egoísta. Hay muchos niños en el mundo que necesitan un buen hogar y alguien que los quiera. Yo puedo hacer eso. Al final, adoptaré del mismo sistema del que provengo, Mason. Yo fui una niña en acogida. Sé lo que es necesitar sentirse amado. Tengo eso para dárselo a un niño o dos que lo necesiten de verdad. Y podría entender los problemas a los que se hayan enfrentado en un sistema fallido.

—¿Fuiste una niña de acogida? —preguntó con voz ronca.

Su mirada reflejaba empatía y estuvo a punto de deshacerme.

—La mayor parte de mi vida —le dije—. Mis padres murieron en un accidente cuando era joven, igual que los tuyos, y era hija única. Ninguno de mis parientes me quería. Tenía unos siete años cuando fui acogida por la ciudad de Nueva York y fui de casa en casa hasta que cumplí los diecisiete. Cuando era adolescente, ya me mataba de hambre para entrar en el mundo de la moda. Pero nadie se dio cuenta porque nunca me quedaba mucho tiempo en ningún sitio. Empecé a intentar hacer contactos y conseguir encargos de modelaje mientras seguía en el instituto. Conseguí una buena oportunidad antes de ser lo bastante mayor como para salir del sistema de acogida, así que yo fui una de las afortunadas. Al menos podía ganar el dinero suficiente para compartir un techo con unas cuantas compañeras de casa cuando cumplí los dieciocho.

Se produjo un silencio tenso en el despacho antes de que Mason dijera finalmente:

—No llores.

Yo me llevé una mano a la cara y me sequé las lágrimas que se derramaban por mis mejillas al hablar.

—Nunca lloro —dije con voz llorosa que me dejó atónita.

De acuerdo. A veces lloraba. Pero raramente permitía que nadie viera esos momentos de vulnerabilidad. Había aprendido a controlar mis emociones hacía mucho tiempo.

—¿Por qué no me lo dijiste? —preguntó con aspereza.

Cuando por fin se me secó la cara, apoyé las manos en mi regazo mientras se lo explicaba:

—No le he contado a nadie que he cambiado de opinión acerca de tener un hijo biológico. Ni siquiera a Brynn. Me sentía como una idiota.

—No eres una idiota —dijo Mason defendiéndome, lo cual solo me dio ganas de volver a llorar.

—Pero dejé que siguieras llamándome todas las semanas creyendo que iba a hacer algo estúpido cuando en realidad no pensaba hacerlo. ¿No estás enfadado por eso? Fue una pérdida de tiempo.

Él negó con la cabeza lentamente.

—No. Y llamarte nunca fue una pérdida de tiempo para mí. Quería llamarte, Laura. Quería saber cómo estabas. Si no hubiera querido, no habría llamado.

Sentí un revoloteo en el estómago cuando por fin lo miré a los ojos.

—Supongo que me gustaba el hecho de que a alguien le importase que estuviera a punto de echar toda mi vida a perder. No es que tener un hijo de un donante de esperma hubiera sido echarla a perder, pero supongo que nunca sabré cómo podría haber salido, aunque no me importa. —Inspiré hondo, porque sabía que seguía dándole vueltas a nada. Terminé con la verdad—. Era agradable que me mostraras preocupación todas las semanas.

En realidad, me había vuelto adicta a esas llamadas semanales, aunque a veces Mason me enojase. Era patético, pero para una mujer que no había tenido una familia de verdad y a la que ningún chico le había mostrado nunca el menor instinto protector, resultaba gratificante.

Él gruñó.

—Si lo hubiera sabido, probablemente te habría llamado todos los días.

No pude contener la pequeña sonrisa que esbozaron mis labios. ¿Cómo es que Mason siempre parecía decir algo dulce cuando yo me sentía incómoda?

—Entonces, ¿me perdonas por no habértelo dicho antes?

Mason se encogió de hombros.

—No hay nada que perdonar. Estaba haciendo lo que quería hacer, básicamente. Y, en realidad, tú no me debías la verdad. Pero me dejaste un puñetero año intrigado pensando si aparecerías embarazada de otro o no.

El corazón me dio saltitos de alegría, dejándome prácticamente sin aliento.

—Estoy segura de que estabas preocupado porque hay una especie de vínculo familiar entre nosotros. Porque Brynn es mi mejor amiga y está casada con tu hermano. De hecho, es bastante dulce. —Tal vez siempre hubiera esperado que surgiera algo más de sus llamadas, pero había dejado de fingir que podría ser así,

—Lo que sentía acerca de que tuvieras el bebé de otro nunca ha tenido nada que ver con la familia, Laura. O con los amigos. No quería que te quedaras embarazada de un donante de esperma. Se trataba de mí.

Fueron palabras francas y yo no sabía qué demonios contestar. Al final, musité:

—No lo entiendo.

Su mirada intensa y melancólica me hizo estremecerme cuando él respondió:

—Creo que debería ser bastante obvio. Me ofrecí a joder contigo hasta que terminaras embarazada de mí. Me atraes, Laura. Siempre me he sentido atraído. En resumen. Si un tipo iba a dejarte preñada, quería ser yo.

Yo estaba segura de que se me iban a salir los ojos de las cuencas cuando lo miré boquiabierta.

—¿Solo querías… estar conmigo? ¿No era por solidaridad ni por obligación?

Todo lo que Brynn había intentado decirme acerca de que Mason sentía algo por mí de repente se volvió muy nítido.

«¿Está intentando decir que quería… acostarse conmigo? ¿De verdad?», me pregunté.

—¿Cuesta tanto creerlo, Laura? —preguntó en tono ronco—. ¿Que solo quiera desnudarte sin ningún otro motivo que el deseo de joder contigo?

Yo tuve que abrir y cerrar la boca un par de veces antes de poder pronunciar la palabra.

—Sí.

—¿Por qué?

—Por Dios, eres Mason Lawson, multimillonario y líder genial de una de las empresas de tecnología más grandes del mundo. No solo eres rico e inteligente, sino que probablemente eres el hombre más guapo que he conocido en toda mi vida. Podrías tener prácticamente a cualquier mujer del planeta. ¿Por qué demonios ibas a querer acostarse conmigo? —espeté toda la verdad sin siquiera pensarlo. Estaba demasiado atónita como para hacer nada más.

Él me lanzó una sonrisita.

—¿Te parezco guapo?

Yo puse los ojos en blanco.

—Me lo pareces a mí y a cualquier mujer que te vea.

Él se comportaba como si no tuviera ni idea de lo atractivo que era, por lo que me resultaba difícil tragar. Tal vez fue igual de difícil atragantarme ante su insistencia de que quería llevarme a la cama tan desesperadamente que me había llamado una vez a la semana durante todo un año. Cierto, me había dicho que era preciosa y que le atraía. Tal vez ahora empezaba a calar la noción de que lo decía en serio.

Yo había ignorado los comentarios de Brynn acerca de lo que pensaba que sentía Mason. No había creído la mirada de deseo que me pareció ver en sus ojos el viernes por la noche. Había ignorado el hecho de que se hubiera ofrecido a ser el padre del hijo biológico que yo quería. Había ignorado todas y cada una de las cosas que él había hecho o dicho que pudieran llevarme a pensar que solo quería estar conmigo. Y todo por mis propias inseguridades ocultas. Todo porque ni siquiera podía concebir la idea de que Mason me encontrase atractiva… de cualquier manera. Todo porque parecía un hombre inalcanzable, aunque yo también me sentía atraída por él.

Mientras seguía mirándolo embobada, finalmente comprendí toda la verdad. Mason Lawson me deseaba y la única prueba que necesitaba me miraba a los ojos en ese preciso instante.

—¿Por qué no me pediste salir en lugar de llamar con un pretexto todas las semanas? —pregunté.

—No estaba seguro de si te interesaría. Y no quería perder el contacto contigo —dijo en tono tenso.

«Ay, Señor. Mason no tiene ni idea de lo atractivo que es ni de que puede hacer que se le derritan las bragas a casi cualquier mujer. De hecho, no parece saber que la mayoría de las mujeres matarían por salir con él. "¿Te parezco guapo?".¿No me ha preguntado eso? En realidad, no quería que le subiera el ego. En absoluto. En realidad, quería que le confirmase que yo también lo deseo. Simplemente no entiende que la mayoría de las mujeres lo verían como el hombre más deseable e inalcanzable del mundo», pensé.

Se me encogió el corazón en el pecho al mirar su rostro confuso, odiándome por el hecho de que mis miedos me hubieran cegado frente a sus inseguridades. Mason Lawson no era un multimillonario mujeriego. De hecho, no creía que tuviera mucha experiencia con las mujeres... para nada. En cierto modo, tenía sentido. Era un adicto al trabajo. «¿Tiene tiempo siquiera para salir a una cita?». En ese preciso instante, todo lo que había ocurrido entre Mason y yo en el pasado volvió a mí nítidamente. Él era inseguro. Yo era insegura. Y habíamos estado bailándonos el agua en la incertidumbre porque ambos nos sentíamos mutuamente atraídos, pero ninguno de los dos creíamos que el otro pudiera sentir lo mismo.

Parecía ridículo que alguien como Mason pudiera sentirse así, pero evidentemente él pensaba lo mismo sobre mí. A medida que lo ocurrido me quedó más claro, mi nerviosismo empezó a disiparse. Había estado a punto de perder la oportunidad de conocer a Mason debido a mis miedos. No estaba dispuesta a permitir que eso volviera a ocurrir. Tenía que dejar de ser un obstáculo en mi propio camino. Él se puso en pie mientras preguntaba:

—¿Has comido?

Yo sacudí la cabeza.

—No.

Él se mostró dubitativo antes de preguntar con brusquedad:

—¿Quieres ir a comer algo? Estoy hambriento.

Yo tuve que sacudirme mis cavilaciones para darme cuenta de que aquella era mi segunda oportunidad.

—Sí, claro. Tengo hambre. —Hice una breve pausa de un segundo antes de preguntar—: ¿Me estás pidiendo salir a una cita? Solo quiero aclarar qué estamos haciendo exactamente.

Estaba dispuesta a ser franca para asegurarme de que hablábamos de lo mismo.

—¿Quieres que sea una cita? —preguntó toscamente.

—No lo sé —respondí sinceramente—. Creo que quiero que sea una cita, pero necesito averiguar cómo empezar de cero contigo. Todo lo que creía antes era una equivocación.

—Entonces será lo que tú quieras que sea por ahora —respondió él—. Amigos, una cita, dos personas hambrientas comiendo juntas. Me da exactamente igual ahora mismo siempre y cuando vengas conmigo.

Me tendió una mano y yo dejé que me levantase de la silla de un tirón. Me estremecí cuando nuestros cuerpos se rozaron. De pronto, Mason Lawson, uno de los solteros más cotizados de todo el mundo, no parecía inalcanzable en absoluto.

Capítulo 7

Laura

—Este lugar es increíble —le dije a Mason mientras me tomaba un descanso del festín de pollo *kung pao.*

Habíamos terminado decidiéndonos por comida china porque nos gustaba a ambos y él había sugerido que la lleváramos a su casa porque el pequeño restaurante tenía muy pocas mesas.

Su casa era una antigua mansión remodelada situada justo a la orilla del mar. No era lo que me esperaba en absoluto, pero estaba aprendiendo a dejar de hacer juicios rápidos con respecto a Mason.

Sentada con las piernas cruzadas en su sofá del salón, disfrutaba de unas vistas espectaculares a la bahía Elliot. Dudaba que hubiera espacio en la gran casa donde no se viera el agua.

Mason alcanzó un rollo de huevo y se lo devoró en dos bocados. Nos separaba una mesa de café grande repleta de comida. Cuando llevamos la enorme cantidad de platos chinos a casa, yo estaba segura de que apenas haríamos mella en la pila de comida.

Me equivocaba. Mason podía ventilarse mucha comida y yo tenía tanta hambre que también había acabado con una gran porción.

—No paso mucho tiempo aquí —musitó—. Hace una temporada desde que veo la casa mientras hay luz natural —me informó apoyándose contra el respaldo de su silla de nuevo.

En verano. el sol no se ponía hasta alrededor de las nueve, así que aún era de día.

—¿De verdad? Dios, creo que me encantaría pasar todo el tiempo que tuviera aquí si fuera dueña de una casa como esta. Creo que te veía como un tipo con un ático en el centro de la ciudad, como Carter y Jett.

La casa era perfecta. Era tranquila, pero estaba lo bastante cerca de la zona céntrica.

—Quería una casa, pero probablemente habría sido más práctico estar cerca de las oficinas —respondió él.

Yo sonreí. Desde que me había dado cuenta de que Mason no era un donjuán y tenía sus propias inseguridades, me parecía mucho más accesible. No es que el hombre fuera precisamente un libro abierto, pero era más fácil hablar con él. Y mi corazón anhelaba conocerlo de verdad y no solo la fachada de multimillonario guapo y arrogante. Mason quiso que fuera en su coche y hablamos como amigos mientras nos dirigíamos a comprar la comida china.

Seguía siendo autoritario y directo, pero yo podía vivir con eso. No era mi jefe, así que podía darle un toque cuando se ponía muy dominante. Después de todo, había tenido que lidiar con él todas las semanas por teléfono cuando estaba siendo un imbécil.

—Creo que es mucho más agradable aquí —respondí por fin—. ¿Quién no quiere estar al lado del mar? A mí me encantaría vivir en el paseo marítimo, pero mi presupuesto no daba para tanto. Así que me conformé con un apartamento en el centro.

Comimos en amigable silencio durante unos minutos antes de que Mason pidiera algo en voz baja:

—Háblame de cómo fue crecer en el sistema.

Yo me encogí de hombros mientras alcanzaba mi refresco en la mesa de café.

—Sobreviví. No hay mucho más que decir. Desearía poder decir que hubo una familia de acogida con la que creé un vínculo, pero no la hubo. La mayoría tenía sus propios hijos de los que preocuparse. Cuando era pequeña, solo quería que una familia me adoptase. Para cuando llegué a la adolescencia, solo quería salir.

—Y encontraste la manera de salir. No es que esté de acuerdo con que te mataras de hambre para hacerte modelo, pero es bastante admirable que trazaras un plan de futuro.

Yo le sonreí porque sonaba muy reprobador acerca de que yo no comiera.

—Estaba desesperada por ser alguien. Por demostrar que podía serlo. Por aquel entonces, no me importaba una mierda qué tuviera que hacer para conseguirlo. Para cuando Brynn entró en el sector, yo ya había sido modelo y pasado hambre durante años, y verla pasar por lo mismo que yo fue como una llamada de atención para mí.

—¿En qué sentido?

Yo pensé un momento antes de hablar.

—Ella era más joven. Más sana. Fue como ver el declive de mi propia salud una vez más. No quería verla hacer lo mismo durante mucho tiempo. La inanición hace estragos en el cuerpo y tiene efectos a largo plazo que no se curan. Brynn era como la hermana que nunca había tenido. La quería. Sabía que ambas teníamos que parar, aunque las dos teníamos mucho éxito en aquella época. Yo me topé con un obstáculo y supe que tenía que dejar de pasar hambre o moriría. Brynn y yo hicimos un trato la una con la otra para intentar causar impacto en el sector o dejarlo. A ella se le quedó la ropa pequeña cuando empezó a comer como debería hacerlo una persona sana. Pero fue una victoria cuando aceptaron sus condiciones. Mi peso sano me llevó al modelaje de tallas grandes, y empezaba a haber un buen mercado de trabajo para modelos grandes. Así que pude reconvertirme.

Él frunció el ceño.

—A mí no me pareces de talla grande.

Sonaba tan indignado que yo me eché a reír.

—En el mundo de la moda, si usas una L, eres de talla grande. Ahora uso una 46 o XL, así que estoy metida a fondo en la categoría de tallas grandes para desfilar, aunque la industria textil no lo vea exactamente como una ventaja.

—Eres preciosa. Tienes la cara de un ángel. No importa qué talla uses —farfulló Mason.

Yo solté un bufido.

—Eso díselo a toda la gente que me humilla por estar gorda en las redes sociales. He aprendido a dejar que me resbale porque predico ser sana y guapa en cualquier talla, y sinceramente creo en lo que enseño. Pero tengo muchos críticos que no quieren verme haciendo modelaje de lencería o trajes de baño.

—Que se jodan. Yo quiero verlo —farfulló Mason.

Sonaba tan sinceramente a favor de echar un vistazo a mis fotos medio desnuda que tuve que contener una sonrisa mordiéndome el labio.

—Hace tiempo hice un trabajo de bañadores. Y dentro de unas pocas semanas tengo una sesión fotográfica de lencería para un cliente antiguo de ropa de tallas grandes. Intento no dejar que los acosadores de las redes sociales no me afecten demasiado. Creo que es demasiado importante para las mujeres ver un modelo realista en la ropa que podrían querer comprar.

—Vi la sesión en bañador —confesó mientras dejaba caer el tenedor en su plato vacío.

—¿Sí? —pregunté, sorprendida—. ¿Cómo?

—La busqué. ¿Qué hombre con sangre en las venas no querría verte medio desnuda?

Las fotos seguían ahí fuera, en internet…

—Recibí muchas críticas por eso —le informé sinceramente—. Mis críticos no estaban contentos. Era un trabajo que no haría normalmente una modelo de tallas grandes.

—Que se jodan tus críticos —dijo en tono brusco—. Estabas muy *sexy*. La mayor parte de los tíos mentiría si dijeran que no se les puso duro.

Yo me eché a reír, pero Mason no sonreía.

—Creo que eres el único hombre que piensa en eso. Mason, soy modelo de tallas grandes.

—Estabas despampanante en bañador, Laura.

Yo me quedé atónita y empecé a ruborizarme.

—Soy muy regordeta.

—Entonces, supongo que las mujeres regordetas me lo ponen duro —se mofó él—. A mí me parece que estás buenísima.

Había algo en la sinceridad de su tono de voz que me dio ganas de llorar. Por fuera, tal vez pareciera tener las cosas muy claras, pero en el fondo, seguía habiendo una mujer que solo quería que la aceptaran como era. Yo quería que un hombre me mirase sin deseos de cambiar mi apariencia. En absoluto. El hecho de que Mason pareciera mirarme y no ver nada más que perfección me resultaba completamente ajeno.

Después de años luchando contra las agencias de modelos y diseñadores para que despertaran con respecto a las tallas y tener múltiples novios que no hacían nada más que criticar mi cuerpo, me resultaba increíblemente seductor tener un hombre al que le gustase lo que veía cuando me miraba. Sinceramente, no estaba muy segura de cómo manejar a un tipo como Mason. Tal vez no me sintiera completamente cómoda con su percepción porque no estaba acostumbrada a eso, pero era increíblemente seductor. Especialmente su comentario acerca de que se le puso duro el pene.

Evidentemente, yo no era virgen. Pero el sexo nunca me había resultado completamente cómodo porque nunca me había sentido *sexy*. Quizás se debiera a que los chicos con los que había estado en el pasado nunca me miraron con el deseo que mostraba Mason. Siempre había sabido que mis novios me habrían preferido más delgada, más como una modelo corriente.

Mientras que Mason me miraba como si quisiera devorarme enterita.

¿Cómo no iba a hacerme querer encaramarme a su cuerpo inmenso como un roble para suplicarle que me lo hiciera?

—A veces soy insegura —confesé—. La mayor parte del tiempo, puedo ocultarlo. Realmente creo en lo que escribo en el blog. Creo que hay personas de todas las formas y tamaños, y que todas son preciosas. Creo que el mundo del modelaje no es realista. La talla 44 o L ha sido la más corriente de mujer en Estados Unidos durante años, pero ahora hay algunos estudios que dicen que la talla promedio más corriente es la 46 o XL. Aun así, a veces, sigo siendo esa chica que se mataba de hambre para hacerse hueco en un mundo donde ser delgadísima lo es todo. Sigo comparándome con otras modelos corrientes.

—No lo hagas —dijo Mason con insistencia—. No necesitas ser ellas. Sé tú misma.

Parecía irritado de que intentase ser cualquier otra cosa que yo misma.

—Soy yo misma. La mayor parte del tiempo, al menos —le dije.

—No pareces tener ningún problema dando tu sincera opinión en tu blog.

Le lancé una mirada sorprendida.

—¿De verdad lees nuestro blog? Trata de moda principalmente.

—No tu blog con Brynn. Aunque ese lo miro para mantenerme al tanto de cualquier cosa que necesite saber para ayudar con Perfect Harmony. Sigo tu blog personal. Leo todas las publicaciones nuevas. Y no trata solo de moda. Es de tu percepción del mundo. Me gusta la manera en que eres descarnadamente sincera contigo misma y con tu audiencia, aunque eso implique reconocer que te equivocaste con respecto a algo.

De acuerdo. Me quedé atónita. Sinceramente, escribía sobre lo que sentía en mi blog personal y sobre cómo eran las mujeres por el mundo cuando viajaba. Había muy poco sobre la moda en el blog. Principalmente, trataba de mi viaje personal en la vida. Aun así…

—Es más bien un blog para mujeres —expliqué.

Nunca era menos que despiadadamente sincera conmigo misma cuando escribía una publicación, pero no me había percatado de que a ningún tipo fuera a importarle una mierda el viaje emocional de una mujer.

Él se encogió de hombros.

—Creo que es un buen recurso para cualquiera que sienta que no encaja completamente en su mundo a veces. Principalmente lo leo para aprender a entenderte.

Yo me reí, pero me sentí un poco incómoda de que a alguien como Mason le importara de verdad lo que sentía como para leer mis publicaciones en el blog. Resultaba halagador y desconcertante a la vez.

—No soy tan compleja.

Sentí ganas de decirle que lo que quería realmente era sentirme segura en un campo donde me comparaba constantemente con mujeres consideradas perfectas en el mundo de la moda.

Cuando modelaba, mi confianza percibida era como actuar. Podía fingir una actitud sonriente y segura de mí misma, pero no siempre podía interiorizarla. Mi blog era como mi lucha personal para llegar al punto en el que realmente me sintiera segura de mí misma todo el tiempo.

—Eres compleja —me contradijo él—. Pero ¿no prefieres ser compleja y contemplativa que solo ser tan superficial que nunca pienses que tienes que seguir creciendo?

Yo incliné la cabeza hacia un lado mientras estudiaba la expresión franca de su rostro.

—Supongo que nunca lo había visto así.

—Piénsalo —sugirió mientras se ponía en pie. Supongo que será mejor que te lleve a casa.

Yo me levanté y empecé a recoger la comida y los platos.

—¿Mason? —Recordé una de las cosas que pretendía preguntarle. Algo que había leído en sus documentos personales antes de decidir guardarlo todo y no volver a mirar sus cosas.

—¿Sí? —respondió él mientras me seguía a la cocina con el resto de las cosas de la mesa de café.

—Eres adicto al trabajo. Creo que todo el mundo lo sabe —vacilé. «¿Y si me equivoco?¿Y si estoy totalmente equivocada en mis conclusiones?». Antes de pensármelo dos veces, pregunté:

—¿Estás intentando demostrar algo?

—Me gusta trabajar —farfulló mientras metía la comida en la nevera—. Y ¿qué es lo que tengo que demostrar?

—Me pediste que echara un ojo a tu currículum, y lo hice. En parte. Probablemente, no debería haberlo mirado siquiera puesto que ya había decidido hacerme madre de acogida o adoptar. Pero yo…

—Tú, ¿qué? —preguntó Mason, volviéndose hacia mí después de guardar todo lo que llevaba en la nevera.

—Vi tu certificado de adopción en el paquete, Mason —dije, cada palabra saliendo de mi boca a toda prisa porque temía estar equivocada—. ¿Trabajas tan duro porque no eres hijo biológico de tu padre?

Capítulo 8

Laura

—Vale, he conseguido estropear algo que estaba disfrutando totalmente. Mucho —musité para mí misma mientras dejaba caer el bolso en el escritorio de mi despacho en casa.

Tenía que abrir la bocaza acerca del hecho de que Mason tenía un padre biológico diferente al resto de sus hermanos. «Menuda manera de cortar toda la comunicación, Laura». Suspiré mientras me dirigía al dormitorio para ponerme el pijama. El «no» rotundo de Mason en respuesta a mi pregunta sobre si estaba más motivado porque no era hijo biológico de su padre fue la única contestación que le dio a mi pregunta estúpida. Prácticamente no hubo ninguna conversación entre nosotros después de eso.

Me había llevado de vuelta al aparcamiento de Lawson Technologies y esperó a que montase en mi coche y saliera de allí, supongo que para asegurarse de que estaba a salvo. Después de eso, le vi arrancar detrás de mí. No giró hasta que tuvo que tomar otra dirección para ir a su casa.

Habíamos pasado toda la noche en conversación amigable, conociéndonos, aprendiendo a confiar el uno en el otro, al menos un poco. Yo le había contado cosas que probablemente no le habría reconocido a nadie excepto a Brynn. Y entonces, lo fastidié todo haciendo una pregunta demasiado personal.

—Me permití sentirme demasiado cómoda con él —farfullé enojada mientras terminaba de cambiarme y arrojaba la ropa sucia en el cubo en la habitación principal.

No es que hubiera mucha tensión sexual entre nosotros. Demonios, eso había sido antes de aquella noche. Pero a lo largo de la velada, algo había cambiado. Al menos, para mí. Como Mason nunca me juzgaba e incluso me animaba en casi todo lo que quería comentar, supongo que me permití creer que estaba bien dirigir el tema de conversación hacia él.

«Por lo visto… no. A ver, lo entiendo. En cierto modo. Evidentemente, no estaba preparado para sincerarse sobre algo tan personal. Francamente, hasta que vi su certificado de adopción, nunca había oído ni media palabra acerca de que tuviera otro padre. Ni siquiera Brynn lo ha mencionado nunca. Tal vez porque él era poco más que un bebé cuando su padre lo adoptó», reflexioné.

Fui a mi despacho y abrí el portátil. Como había perdido la mayor parte del día y la tarde sin trabajar, tenía unas cosas que terminar antes de irme a la cama. «Olvida a Mason. No es como si realmente fuéramos… nada el uno para el otro. Ni siquiera amigos. Puede que nos sintiéramos atraídos, pero eso solo era química».

—Entonces ¿por qué tengo ganas de llorar? —me pregunté en voz alta, sintiéndome frustrada.

Un riachuelo de lágrimas cayó sobre mi mejilla y yo lo sequé con la mano, enfadada conmigo misma porque estaba dándole mucha importancia al haber visto a Mason cerrarse en banda ante mis propios ojos en su cocina. La luz de su mirada se había eclipsado. Su rostro se volvió cauteloso. Era como si la puerta a nuestra nueva relación amistosa se hubiera cerrado de golpe. Joder, dolía. Aunque, probablemente, no debería doler. El problema era que aquella noche Mason había empezado a gustarme realmente. El verdadero Mason.

Justo cuando creía que empezaba a entenderlo. ¿Y entonces? ¡Buuum! El chico que me había mostrado su apoyo y que me desafiaba a verme de otra manera, había desaparecido por completo.

Mason Lawson, el frío y multimillonario empresario había vuelto con ganas.

Sinceramente, no tenía ni idea de qué había motivado que se cerrase de aquella manera. ¿Le importaba tanto no compartir el ADN del padre al que había querido toda su vida? ¿Es tan tremendo? Como hija del sistema de acogida de niños, sabía que la consanguinidad no importaba tanto. Cuando mis padres murieron, ni uno solo de mis parientes consanguíneos quiso acogerme para criarme como si fuera suya. Después descubrí a Brynn, que era la hermana que nunca había tenido, aunque no compartíamos ni gota de ADN.

La consanguinidad no garantizaba necesariamente el amor y apoyo emocional de los miembros de la familia. Yo sabía con certeza que no lo garantizaba, una de las razones por las que, cuando me recompuse, decidí que la acogida y la adopción eran el camino adecuado para mí. Si conseguía ayudar a un niño de acogida a darse cuenta de que era digno de ser querido, aunque ya no tuviera a sus padres biológicos, lo significaría todo para mí. Sabía que probablemente sería mucho más gratificante para mí que utilizar a un donante de esperma para tener un hijo propio de padre desconocido.

Suspiré mientras intentaba concentrarme en el correo electrónico. La mayor parte eran de negocios, así que no tuve que pensar mucho en las respuestas a medida que contestaba. Era todo bastante rutinario. Hasta que llegué a un correo que me hizo detenerme. Era de Hudson Montgomery. El mismísimo Hudson Montgomery, multimillonario y director de Montgomery Mining.

Yo no era precisamente aficionada a buscar a los multimillonarios más cotizados del mundo, pero tendría que vivir debajo de una roca para no saber quiénes eran Hudson, Jax y Cooper Montgomery. Salían en todas las revistas femeninas como los hombres más codiciados porque eran ricos, jóvenes e increíblemente atractivos.

—¿Qué demonios quiere de mí? —susurré en voz alta.

Eché un vistazo con curiosidad a la breve misiva. Parecía que Hudson, el mayor de los hermanos Montgomery, quería una reunión de negocios para hablar de Perfect Harmony. Yo no necesitaba otro inversor y no tenía ni idea de cómo alguien de su calado había oído siquiera hablar de mi empresa. Me encogí de hombros. No haría daño reunirme con él porque tenía muchos contactos. Le envié una lista de mis días disponibles para una comida de negocios como había pedido. Lo último que quería era despreciar a nadie interesado en mi negocio, y Hudson Montgomery era demasiado influyente como para pasar.

Estaba terminando con mi correspondencia cuando mi teléfono móvil empezó a sonar a todo volumen con la canción de Taylor Swift, *Shake It Off*, mi tono de llamada actual. Después de sacar el teléfono del bolso con esfuerzo, el corazón me dio un vuelco al ver el identificador de llamada. *Mason.*

—Hola —respondí con cautela.

—Hoy llamo un poco tarde —dijo con voz ronca—. Me distrajo una rubia guapa y se me pasó llamar a la hora habitual.

El corazón me batía tan fuerte en el pecho que sentía cada latido.

—¿Por qué llamas ahora? Creo que ya has dejado perfectamente claro que no estás dispuesto a compartir mucha información sobre ti mismo conmigo.

—La cagué —respondió él—. No debería haberte cortado así. Me pillaste desprevenido.

—¿Acaso no pretendías incluir esa información en el paquete? —supuse.

—No. Sí lo pretendía. Si pensabas considerarme como tu donante de esperma, merecías saber que no soy un Lawson de pleno derecho.

Mason era un Lawson de pleno derecho, pero, evidentemente, él no lo veía.

—No leí mucho de tus cosas personales —expliqué—. Me sentí mal por romper el precinto y mirar nada, puesto que ya no estaba buscando donante de esperma. Pero el documento estaba encima con tu certificado de nacimiento.

—Mi padre me adoptó cuando tenía ocho meses —dijo con voz áspera que evidenciaba que para él seguía siendo difícil hablar del tema—. Pero mis padres no me contaron la verdad hasta que prácticamente había terminado la universidad. Me dijeron que nunca habían querido que me sintiera como si no fuera uno de sus hijos. No querían que me sintiera… diferente. Aunque yo comprendía su razonamiento, me gustaría haberlo sabido antes.

Me dolió la pena que tuvo que experimentar al averiguarlo. Ya había crecido creyendo que era el hijo biológico de su padre. Me costaba creer que no se sintiera un poco… traicionado.

—¿Te sentiste diferente cuando te enteraste?

Él guardó silencio un instante antes de responder:

—Sí.

—¿Por qué?

—Porque también me enteré de que mi padre biológico era un cabrón. Fui el resultado de un abuso sexual que nunca fue denunciado. Mi madre era muy joven. Apenas tenía dieciocho años. Ella y mi padre biológico se conocieron por casualidad en alguna fiesta cuando ella vivía en San Diego. Mi madre fue drogada y agredida sexualmente por él en esa fiesta. Cuando terminó embarazada, ninguno de sus parientes o amigos creyó que hubiera sido agredida. La familia de mi padre biológico era demasiado rica y poderosa como para enfrentarse a ella, así que no tuvo apoyos. Por suerte, a mi madre le ofrecieron un empleo decente en Colorado, así que se mudó para empezar de cero. Allí es donde conoció a mi padre. Él era bastante más mayor que ella, pero se enamoraron de todas maneras. El resto es historia. Mi padre empezó el papeleo para adoptarme poco después de que yo naciera. Para entonces, ya estaban casados.

Yo solté un suspiro agitado.

—Estoy segura de que tu padre te quería, Mason. Tanto como si fueras su hijo biológico. Y dudo que eso cambiara tu relación con tus hermanos y hermanas, ¿verdad?

Se produjo una larga pausa antes de que él dijera:

—No saben la verdad. Eres la única que lo sabe. Te agradecería que no dijeras nada.

«Ay, Diosito».

—¿Nunca se lo contaste a tus hermanos?

—Mis padres y yo planeábamos hacerlo juntos durante las vacaciones el año en que murieron. No llegaron a ver las Navidades. Murieron en un accidente de coche justo durante las fiestas. Era imposible que les echara aún más encima a mis hermanos después de la muerte de mis padres.

Entendí lo que decía. El momento no era el adecuado y todos estaban lidiando con la repentina muerte de sus padres.

—¿Y después de aquello? —Habían pasado muchos años desde que murieron sus padres. Sin duda, había habido oportunidades de compartir aquello con sus hermanos.

—Durante un par de años, no pude hacerlo porque seguían llorando a nuestros padres. Luego, todos nos distanciamos. Cada uno lidió con su muerte de distinta manera. Cuando hubieron pasado tantos años, ya no parecía importar realmente. Mis hermanos y hermanas han sufrido mucho. Nunca parecía el buen momento para echarles encima algo así.

«Oh, importa, pero probablemente no a Carter, Jett, Harper o Dani. Le importa a Mason. Y mucho», me percaté. Ahora que sabía la verdad, me di cuenta de que su comportamiento había sido muy parecido a lo que le había sugerido en su casa, y tal vez hubiera tocado una fibra sensible que hizo que se cerrase en banda. Mason trabajaba para demostrar que merecía ser un Lawson porque no lo era por consanguinidad. Cierto, todos los hermanos seguían siendo consanguíneos por parte de su madre, así que eran hermanastros. Pero, evidentemente, Mason seguía pareciendo motivado para mostrar que estaba dispuesto a trabajar más duro que nadie y así tener derecho a reivindicar el nombre de Lawson.

¿No se daba cuenta de que no tenía que demostrar nada? Era el hijo de su padre. Y punto. Y yo conocía bastante bien a Jett y Carter como para decir con seguridad que no les importaría una mierda si Mason no estuviera vinculado a ellos por consanguinidad. Seguiría siendo su hermano. Nada cambiaría ese vínculo entre ellos.

Me dolió el corazón por el joven que se había enterado repentinamente de que la sangre de su padre no corría por sus venas. Con esa edad y sin preaviso, debió quedarse completamente destrozado.

«Suma el hecho de que el verdadero padre de Mason fuera un violador y no cuesta comprender por qué trabaja tan duro para demostrar que es digno de su nombre».

—¿Crees que tu padre te quería menos porque no era tu padre biológico? —aventuré con cuidado.

—No —dijo con voz ronca—. Sé que no me quería menos. Seguía considerándome su primogénito. Estaba ahí con mamá cuando yo nací.

—Entonces ¿por qué sigues intentando demostrar que eres digno de tu nombre, Mason? Has sacrificado todo lo demás en tu vida para convertir Lawson Technologies en un líder mundial. Tú has conseguido eso.

—Mis hermanos también trabajaron duro —me contradijo.

—No lo dudo —le dije yo—. Pero todos han encontrado una vida fuera de Lawson ahora que tiene éxito. Tanto Carter como Jett habían mencionado que contratasteis altos directivos y un director ejecutivo hace un par de años para poder dejar de trabajar como mulos y de prácticamente vivir en la oficina.

—Lo hicimos —respondió él en tono cortante—. Pero mira quién habla. Tú también eres adicta al trabajo.

Oí el tono a la defensiva en su voz, pero no pensaba echarme atrás. Aquello era demasiado importante como para dejarlo pasar.

—Lo soy —confesé—. Pero solo hasta cierto punto. Yo no sacrifico mis relaciones con los amigos por trabajo. Mi adicción al trabajo proviene del deseo de tener una seguridad económica. Ya conoces mi historia. Además, me encanta lo que hago. A veces me enfrasco mucho en mis diseños porque es mi pasión.

La motivación de Mason era muy distinta a la mía. Él seguía sintiendo que tenía que trabajar cada minuto del día. Así que había vivido únicamente para Lawson Technologies desde que sus padres murieron.

Al pobre lo motivaban sus propios demonios y no iba a parar hasta que…

—Deberías contárselo, Mason.

—¿Por qué molestarme a estas alturas? —dijo con voz áspera—. ¿Crees que merecen saber que no soy un Lawson de verdad?

—Eso es mentira y lo sabes —dije con firmeza—. Eres un Lawson. Siempre lo has sido. No les debes la verdad. Te debes a ti mismo la libertad de contarles la verdad. Tienes que ver que no les importará una mierda qué ADN tengas.

Contuve la respiración hasta que, finalmente, él farfulló:

—Me lo pensaré.

Tuve que contentarme con eso, porque tenía la sensación de que no estaba preparado para contarle la verdad a sus hermanos todavía.

—¿Tienes más hermanos por parte de tu padre biológico?

—No. El cabrón murió un año después de nacer yo. Una sobredosis. De no haberlo hecho, lo habría matado yo mismo por lo que le hizo a mi madre.

Sentí que los ojos se me inundaban de lágrimas. Era evidente que Mason adoraba a sus padres. Tanto que seguía intentando complacerlos mucho después de sus muertes.

—Se sentirían muy orgullosos de ti y de lo que has hecho con Lawson Technologies —dije sinceramente—. Pero también querrían que tú fueras feliz. No se lo contaré a nadie, Mason. Es tu secreto para compartirlo. No el mío. Lo harás cuando estés preparado.

—Te creo —contestó. Pasó un momento antes de que dijera—: ¿Vas a perdonarme por ser un imbécil contigo antes?

Yo suspiré. Evidentemente, a Mason no le resultaba fácil comunicarse a nivel personal. Probablemente se debía a que había hecho un muy buen trabajo aislándose de todas las personas que le importaban durante mucho tiempo comportándose como un adicto al trabajo solitario. Lo cierto era que yo ya lo había perdonado, pero no iba a dejar que se saliera de rositas tan fácilmente.

—Qué extraño —dije en tono reflexivo—. Debo de haberme perdido la disculpa.

—¿Quieres que lo diga? —preguntó malhumorado.

—Sí. Me hiciste daño.

—Lo siento —dijo sin dudarlo, como si quisiera retirar cualquier herida que me hubiera causado lo antes posible—. Lo último que querría es hacerte daño, Laura.

Sonaba tan sincero que tuve que tragar un nudo en la garganta. Me sorprendí cuando me cayó una lágrima en la mejilla y empezó a deslizarse hacia abajo. Me la sequé al darme cuenta de que estaba llorando. Otra vez. «¿Qué demonios me pasa?», pensé.

—Estás perdonado —dije intentando ocultar el hecho de que Mason me había conmovido hasta un punto que no lograba comprender del todo.

Lo sentí con tanta intensidad que juraría que podía alcanzar mi interior y arrancarme el alma cuando le dolía algo. Aunque no era como si yo viera u oyera que estaba dañado. Era un experto a la hora de ocultar sus emociones. Pero, por alguna razón, yo lo presentía. Estaba conectada a Mason de una manera que no lograba comprender del todo.

—Cena conmigo mañana. —Su afirmación fue prácticamente una pregunta, pero no exactamente. Era más bien una orden.

Yo sonreí.

—¿Me estás pidiendo una cita? Porque, si es así, a tu técnica le vendría bien un poco de práctica.

—No tengo técnica —dijo él en tono gutural—. Y, sí, te estaba pidiendo una cita, pero no aceptaré un *no* por respuesta. ¿Te recojo alrededor de las siete?

—Entonces ¿eres flexible con la hora, pero no con un sí o un no?

—Sí —confesó en tono áspero—. Sácame de esta puta miseria y di que sí.

Estaba siendo injusto, pero no se me había pasado la pequeña nota de desesperación en su voz que me hizo responder al instante:

—Sí. A las siete está bien

Capítulo 9

Mason

Blog de Laura Hastings, hoy, 9.00 h

¿Alguna vez habéis hecho una pregunta que creíais bienintencionada, pero deseasteis poder retirarla en cuanto la hicisteis?

Yo, sí. Ayer. Aunque al final se resolvió, supongo que necesitaba aprender que solo porque yo esté preparada para preguntar algo y mostrar mi apoyo, eso no quiere decir que la persona esté lista para responder. No porque esté mintiendo o intentando ocultar nada, sino porque ella misma no ha encontrado la respuesta todavía.

Me dolió al instante porque esa persona se cerró en banda cuando le pregunté algo personal, porque solo estaba intentando ayudar. Me encerré en mí misma para lamerme las heridas, sin percatarme de que no pretendía hacerme daño. En realidad, fui yo quien le hizo daño preguntando demasiado, demasiado pronto.

Debería haberlo conocido un poco mejor antes de preguntar algo realmente íntimo. Y no, no pienso contaros lo que le pregunté. :) Solo espero que aprendáis de mi error estúpido.

Divertíos. Reíd. Forjad buenos recuerdos antes de poneros demasiado intensas con ese nuevo hombre en vuestras vidas. Aseguraos de que esa persona tiene la oportunidad de confiar en vosotras antes de hacer que se distancie apresurándoos en algo en lo que no deberíais.

Lección aprendida por mi parte.

Sonríete en el espejo al menos una vez al día. Eres preciosa, tanto si lo sabes como si no.

Besos ~ Laura

No hacía falta ser ingeniero para saber que Laura se refería a lo ocurrido entre nosotros la pasada noche en su publicación del blog. Di un palmetazo en el escritorio después de leer la entrada de su blog por segunda vez aquel día. Primero, la leí por la mañana, cuando revisaba mi correo electrónico. Acababa de volver a maximizar el correo, intentando descubrir cómo compensar el hecho de que me había cerrado a ella sin pensar en cómo le haría sentir aquello. No se trataba de que no confiase en ella. Simplemente no quería hablar de… eso.

—¡Joder! —maldije.

No quería que Laura sintiera que no podía decir lo que quería. No quería que creyera que no confiaba en ella. No se trataba de ella. Era yo. Yo no confiaba mucho en nadie. Si confiabas en alguien en el mundo de los negocios sin tener nada por escrito, eso te convertía en un perfecto imbécil.

«Laura no es un negocio. Mi relación con ella es personal, lo cual es realmente la raíz de todo el problema», me reproché. Independientemente del consejo que hubiera recibido de Jett, yo seguía sin saber absolutamente nada sobre cómo enamorar a una mujer. Era un cabrón despiadado en los negocios. No dudaba en hacer lo necesario por el bien de Lawson Technologies. Mi negocio era toda mi vida. Ni siquiera había dedicado demasiado tiempo a pensar en ninguna mujer en concreto. Hasta ella…

Si hubiera tenido elección, seguiría con la cabeza enterrada en Lawson Technologies cada minuto del día. Pero desde que había visto a Laura y empezado a leer las publicaciones de su blog, me sentía intrigado. Esa curiosidad ahora había llegado al punto de ser una obsesión y yo no tenía ni puñetera idea de cómo manejar eso. O a ella.

No era como si no hubiera intentado superar mi fascinación por Laura Hastings durante todo un año. Ahora sabía que no iba a ocurrir. El consejo de Jett había sido muy sencillo: «deja de pensar en Lawson y concéntrate en Laura. Preocúpate por cómo se siente y lo que quiere. Y entonces deja que ella conozca quién eres».

Volví a fruncir el ceño al mirar la entrada del blog y me di cuenta de que había sido un tremendo fracaso cuando me cerré en banda a ella la víspera. Ella creía que había intentado acercarse a mí demasiado pronto cuando, en realidad, yo quería que se acercarse a mí tanto como pudiera. Por supuesto, mi deseo de estar cerca de ella incluía estar desnudos, calientes y sudorosos. Pero también tenía un intenso deseo de hacerla feliz, de verla sonreír. Así que, ¿qué demonios tenía que hacer al respecto? ¿Y al respecto del dolor desgarrador en mis entrañas por hacerla mía?

Estaba seguro de que estaba completamente jodido. Por mucho que hubiera seguido su blog y deducido cierta información acerca de la clase de mujer que era Laura, seguía sin tener ni idea de lo que quería en un hombre. Razón por la cual se lo había preguntado directamente.

«Tiene que estar vivo. Debe tener un buen trabajo y tiene que desearme». Demonios, yo cumplía todos esos requisitos desde el primer día. Tenía que haber algo más. Cierto, me sentí aliviado cuando reconoció que nuestra atracción era mutua, pero yo no solo me sentía atraído por Laura. Estaba totalmente obsesionado.

Tal vez, si pudiera llevarme ese precioso trasero a la cama y joder con ella hasta que ambos quedáramos satisfechos, mi vida podría volver a cómo era antes de conocerla. Existía la esperanza de que pudiera recobrar la cordura una vez que mi necesidad de poseerla se hubiera calmado. Sinceramente, no tenía ni idea de qué ocurriría si pudiera conseguir lo que llevaba deseando más de un año.

El intercomunicador de mi mesa sonó, interrumpiendo el hilo de mis pensamientos.

—Sr. Lawson, su hermana al teléfono —dijo mi secretaria con su habitual voz profesional.

—Gracias. Ya contesto —le dije mientras cogía el teléfono.

—Mason, sé que probablemente estás ocupado —dijo mi hermana Dani en tono dubitativo—. Pero Harper y yo nos vamos mañana y esperaba que Carter y tú comierais con nosotras.

Ahora que la boda de Jett y Ruby había terminado y los recién casados habían partido para su luna de miel en Europa, Dani y Harper volvían a sus vidas en Colorado. Me di cuenta por su tono de voz de que mi hermana tenía la certeza de que iba a negarme. Siempre lo hacía. Así que ¿por qué debería suponer que recibiría otra respuesta hoy? Vacilé mientras pensaba en lo que Laura había dicho la noche anterior. Todo era verdad. Me había aislado de mi familia todo lo posible porque temía que me vieran de otro modo si supieran que no era su hermano al cien por cien. Eso por no hablar del hecho de que mi padre biológico era un depredador sexual.

El problema era que había estado tan ocupado evitando mi propio posible rechazo que no había sopesado ni una vez el dolor emocional que le infligiría a mis hermanos. Sin embargo, ahora me daba cuenta de cuánto les había dolido mi distanciamiento. Harper y Dani eran dos de las mujeres más fuertes que conocía y pensaría lo mismo, aunque no fueran mis hermanas.

Ahora que estaba escuchando de verdad, oí el tono de tristeza en la voz de Dani. Yo había provocado eso. Y me odiaba por ello.

—¿Ya has llamado a Carter? —pregunté. Se acabó el ser un gilipollas con mis propias hermanas.

—Todavía no —respondió ella—. Pero ya conoces a Carter. Siempre está dispuesto a cualquier cosa que nos reúna estos días.

Sí, lo estaba. Tras años sintiéndose responsable por las muertes de mamá y papá simplemente porque estaban haciendo un recado para él cuando se produjo el accidente, Carter estaba pasando página e intentando volver a unirnos a todos en el proceso. De alguna manera, cada uno de nosotros se había aislado por diversas razones. Pero Carter quería volver a ver a su familia unida. Era como una misión personal para él.

Finalmente, le dije a Dani:

—Voy a sacarlo a rastras de su despacho y lo llevaré conmigo. ¿Dónde nos vemos? Estoy hambriento. Así que nada de comidita de niñas.

—¿De verdad vas a venir con Carter? —contestó Dani, que sonaba atónita.

Me sentí como un imbécil al darme cuenta de lo felizmente sorprendida que parecía mi hermana. Casi como si no me creyera.

—Me he saltado el desayuno hoy. Y me gustaría veros a ti y a Harper antes de que os marchéis. —Por extraño que parezca, me percaté de lo cierta que era aquella afirmación. La mayor parte del tiempo, con Dani y Harper viviendo en Colorado con sus familias, no las veía muy a menudo.

—¿De verdad quieres vernos? —preguntó Dani dubitativa.

«¡Santo Dios! Menuda manera de hacer que uno se sienta como un imbécil». Aunque probablemente me lo merecía.

—Carter y yo estaremos allí. ¿Cuándo y dónde? —Eché un vistazo rápido al reloj.

—Evidentemente, en algún sitio donde pongan porciones grandes si tú y Carter tenéis hambre —bromeó.

—Sin duda —afirmé. Yo no era la clase de chico que se conformaba con una ensalada.

Hicimos planes para reunirnos hacia la una de la tarde en una cafetería conocida por hacer sándwiches grandes.

Cuando hube colgado a Dani, marqué el número de Carter.

—Vamos a comer —dije, yendo directo al grano.

—¿Qué? —respondió Carter.

—Vamos a comer —repetí yo—. Te veo en el vestíbulo en cinco minutos. Hemos quedado con Harper y Dani. Tienen que irse mañana. ¿No quieres verlas antes de que se marchen?

«Menuda pregunta estúpida. Por supuesto que Carter quiere ver a nuestras hermanas pequeñas antes de que se marchen a Colorado».

—¿De verdad vas a salir del despacho para ir a una comida familiar? Me molestó que sonase tan sorprendido.

—Sí.

—¿Desde cuándo? —preguntó en tono seco.

—Desde hoy —farfullé—. Tú mueve el trasero hasta el vestíbulo.

Juraría que oí a mi hermano soltar una risita entre dientes cuando colgaba el teléfono.

Capítulo 10

Mason

—Caramba, estabas muy charlatán hoy —comentó Carter mientras se dejaba caer en la silla frente a mi mesa después de la comida—. No creo que en toda una década les hayas hecho tantas preguntas a Harper y Dani como hoy.

Yo me senté detrás de mi escritorio mientras respondía:

—Me interesan sus vidas en Colorado. ¿Qué hay de malo en eso?

Carter se encogió de hombros.

—Nada. Pero no es normal en ti. Sé que cuidas de ambas… desde la distancia. Pero hoy les has hecho preguntas a las dos directamente durante la comida. Simplemente, no es tu estilo.

—Dijiste que tu objetivo era volver a unirnos a todos, como lo estábamos cuando éramos más jóvenes —le recordé.

Él sonrió de oreja a oreja.

—No creí que estuvieras escuchando realmente.

«¡Dios!», pensé. Carter me hacía parecer un imbécil. «¿De verdad era tan malo?».

—Estaba escuchando —dije a la defensiva—. Simplemente… estaba ocupado.

—Siempre estás demasiado ocupado —contestó Carter secamente—. ¿Cuándo demonios vas a bajar el ritmo, Mason? Ese fue el acuerdo cuando contratamos altos directivos y un director ejecutivo. Los tres íbamos a tener vida propia. Bueno, supongo que Jett ya la tenía, pero tú y yo íbamos a hacerlo juntos. Y, de momento, no te veo ahí fuera disfrutando de tu vida. Por Dios, si no te conociera, pensaría que tienes un apartamento aquí, en las oficinas. ¿Nunca pasas por tu casa?

Yo inspiré hondo antes de responder:

—Resulta que sí, de hecho. Ayer. Salí de la oficina antes de que anocheciera.

—Ayer era domingo —replicó Carter—. No deberías haber estado aquí para nada. Sin ánimo de ofender, hombre, pero te estás matando a trabajar y es hora de que te relajes y disfrutes del fruto de tu labor. Todos seguimos trabajando duro. Pero ya no tenemos que esforzarnos tanto.

—Estoy trabajando en ello —musité, consciente de que Carter tenía razón.

Yo había accedido a pasarle la dirección cotidiana a líderes cualificados y al director ejecutivo. Pero lo había hecho principalmente para que mis hermanos pudieran relajarse un poco.

Sinceramente, en ningún momento planeé hacerlo yo mismo.

—¿Crees que eres indispensable? —preguntó Carter con bastante sarcasmo.

Yo lo fulminé con la mirada, pero no respondí. ¿Creía que Lawson Technologies se tambalearía si yo salía más de la oficina? En realidad, no. Probablemente, aquella no era la razón por la que me sentía motivado a pasar allí todo mi tiempo. Evidentemente, la empresa aún nos necesitaba a Carter, Jett y a mí al timón, pero…

—Fuiste tú quien me dijo que la compañía no se desmoronaría si me tomaba tiempo libre —dijo Carter en un tono más calmado—. Cuando quise irme con Brynn porque me necesitaba y teníamos que hacer una escapada, tú me animaste a que me fuera sin sentirme culpable.

—¿Y qué quieres decir con eso? —inquirí.

—Quiero decir que quiero ver tu trasero obstinado fuera de la oficina durante al menos una semana. Más si puedes soportarlo. Creo que es posible que termines teniendo síndrome de abstinencia. Pero hicimos un trato.

—Yo simplemente… accedí. No hubo ningún trato. Quería que tú y Jett os tomarais unas vacaciones. Ya habéis pasado suficiente tiempo de vuestra vida adulta encerrados en vuestros despachos.

Carter se cruzó de brazos con obstinación, lo cual yo sabía que nunca era buena señal. Mi relación con él era distinta que con Jett. Podría decirse que era más… combativa. Tal vez porque nos llevábamos menos años.

—Sí, ya. ¡Y una mierda! Todos necesitábamos vacaciones —contestó Carter rotundamente—. Simplemente, tú no te has tomado las tuyas todavía.

—No las necesito —le espeté.

—Me da exactamente igual que pienses que las necesitas o no. Si apareces por aquí mañana por la mañana, tu despacho estará cerrado con llave. Así que tómate una semana y ponte al día con lo que sea que no has estado haciendo durante los últimos diez años —sugirió Carter.

Ahora sí me enojé.

—No vas a cerrar mi despacho con llave.

—Tú intenta venir y ya verás que lo he hecho. Ya hablé por teléfono con Jett esta mañana. Somos dos tercios de la sociedad y ambos estamos de acuerdo en que es hora de jugar la baza de que la mayoría decide.

Yo lo miré perplejo.

—¿Me haríais eso a mí?

—¡Mierda! No me mires así, Mason. Lo estamos haciendo porque nos importas. No solo somos socios en los negocios. Somos tus puñeteros hermanos. Si sigues viviendo tu vida así, vas a matarte. —Hizo una pausa antes de añadir—: Podrías pasar tiempo con Laura.

Me parece bastante evidente que quieres conocerla mejor. No estoy ciego, hermano.

—Me gustaría llevármela a la cama —lo corregí.

Carter me lanzó una sonrisa bobalicona.

—Entonces haz que dure una semana. Volverás sonriente a la oficina.

—Vamos a cenar esta noche —reconocí de mala gana—. La cena no va a durar una semana. ¿Qué demonios voy a hacer si no trabajo?

—Ya, yo también solía preguntármelo —me confió Carter—. Pero al final descubrirás que la vida es algo más que trabajo.

—Lo dudo —respondí yo—. Aunque parece que no me tengo elección, ya que tú y Jett habéis decidido aliaros contra mí.

«Maldita sea, duele que mis dos hermanos conspiren para echarme de mis oficinas».

—No es una puñetera adquisición, Mason —dijo Carter con aspereza—. Se trata de tus dos hermanos preocupándose de si llegarás a los cuarenta años. No me digas que tú no harías lo mismo si estuvieras preocupado por mi bienestar o por el de Jett.

El problema era que yo no podía decirle eso a Carter. Tal vez no hubiera sido el hermano más atento porque había estado muy ocupado intentando demostrar que era digno de ser un Lawson. Sin embargo, estaría perfectamente dispuesto a morir para mantener a cualquiera de mis hermanos a salvo. «¿Entiendo que este complot proviene de su preocupación? Sí. ¿Tiene que gustarme? No», pensé molesto.

—Supongo que yo sentiría lo mismo —respondí por fin con indiferencia—. Pero tienes que entender que me gusta trabajar.

Carter levantó una ceja.

—No, no te gusta. Siempre he pensado que estás motivado para trabajar tan duro como lo haces. Simplemente nunca he sabido por qué.

—¡Maldita sea! Quiero hacer de Lawson un nombre famoso —dije frustrado.

—Ya está hecho —replicó Carter—. Ya es una marca mundialmente conocida. Ya hemos triunfado, Mason, por si se te había pasado. Es hora de tomarse unas vacaciones. Llévate a Laura contigo. No nos echarás de menos.

—No os echaré de menos de todas formas —gruñí, enojado por tener que pasar toda una semana ocioso.

Carter me sonrió de oreja a oreja, completamente impertérrito.

—Creo que necesitas acostarte con alguien.

—¿Por qué dices eso constantemente?

—Porque es cierto, ¿verdad? —Carter se mostró un poco más serio.

Yo eché humo durante un minuto antes de responder:

—¡No! —Después dije—: De acuerdo. Probablemente, sí. Pero no soy como tú, Carter. Yo no puedo encandilar a una mujer y llevármela a la cama en una noche.

Él rio entre dientes.

—Mis días de zorreo han terminado. La única mujer a la que quiero acercarme es Brynn.

—Pero antes podías joder con cualquier mujer que quisieras —le recordé.

—Sí. Antes de conocer a Brynn. En cuanto la vi, ya no deseaba a nadie más y nunca lo haré.

—Yo siento lo mismo por Laura —reconocí—. No puedo salir sin más a buscar a cualquiera para acostarme con ella, aunque quisiera hacerlo, que no quiero. Tiene que ser ella.

—¿Te sientes un poquito obsesionado? —preguntó Carter con ligereza.

—Tanto que es ridículo —revelé a regañadientes.

—Entonces, ve por lo que quieres realmente —me animó—. Por Dios, eres tan obstinado que molesta con todo lo demás. Y no vas a encontrar mejor mujer que ella. ¿Cuál es el problema?

—No tengo ni idea de cómo ser el príncipe azul —farfullé.

Carter resopló.

—Dudo que esté buscando al chico perfecto.

Un chico. Laura había dicho que eso era todo lo que quería.

—No soy perfecto ni de lejos —dije en tono taciturno—. Joder, ya ni siquiera sé cómo tener una cita. Ha pasado mucho tiempo.

—¿Dónde vais a cenar?

Se lo dije y vi que se formaba una expresión de desaprobación en su cara.

—¿Qué? —pregunté—. Tienen muy buena comida.

—Puede ser. Pero es un sitio donde llevas a empresarios a cenar. No es muy único —respondió Carter.

—¿Qué sugieres exactamente? —pregunté con la mandíbula tensa.

Él guardó silencio durante un minuto, con aspecto de estar pensando, antes de responder:

—¿Qué tal si tomáis el *ferry* de Bainbridge? Hay unos cuantos restaurantes buenos en la isla.

—Yo no monto en el *ferry* —le informé.

—Pues deberías —decidió Carter—. Creo que a Laura le encantaría.

—¿Eso crees? —Captó mi interés en la idea. Si a Laura le encantaría, tomaría el puñetero *ferry*.

Él asintió.

—Sin duda. Aunque ella y Brynn cuidan su peso por los trabajos de modelaje, las dos son unas aficionadas a la comida. Y Laura es aventurera.

—Demasiado aventurera, a veces —convine—. Ha viajado por todo el mundo sola. —Por algún motivo, me perturbaba realmente pensar en Laura completamente sola en un país extranjero. Viajar sola no siempre era seguro, especialmente para una mujer. La dejaba demasiado vulnerable.

—No pienses demasiado en eso —me aconsejó Carter—. Te enloquecerá.

Ya lo había hecho, pero no pensaba reconocérselo a Carter.

—Entonces, digamos que acepto tu consejo. ¿Dónde debería reservar? —pregunté.

Él se encogió de hombros.

—Depende de qué clase de comida queráis.

Acerqué mi portátil y nombré varios lugares. Carter me ayudó a elegir el mejor y yo mismo llamé para hacer una reserva.

—Intenta divertirte, para variar —sugirió Carter mientras se dirigía a la puerta a grandes zancadas para volver a su despacho.

—No estoy seguro de saber cómo se hace siquiera —farfullé.

—Ya lo descubrirás. Tengo fe en ti —bromeó Carter.

—Sal de mi despacho —exigí en tono enojado—. Sigue siendo mío hasta que me vaya hoy.

—No te enfades, Mason. Por favor. —La voz de Carter era sincera—. Y siempre será tu despacho. No estarás disponible durante un breve periodo, nada más. Puedes agradecérmelo después.

Yo no me sentía tan benévolo en ese momento.

—Vete.

—Llámame mañana y cuéntame cómo ha ido la cita —pidió.

—Puede que lo haga —dije sin comprometerme.

Carter no dijo ni una palabra más mientras se iba y cerraba la puerta a su espalda.

Capítulo 11

Laura

—Esto ha sido increíble —le dije a Mason cuando nos sentábamos en un restaurante local en la isla de Bainbridge para cenar—. ¿Cómo es que llevo aquí dos años y nunca había montado en el *ferry*?

Hasta ahora, mi cita para cenar con Mason había estado repleta de sorpresas. Él se había presentado un poco pronto con un precioso ramo de rosas y se veía tan delicioso como para formar parte del menú de la cena, con un polo gris oscuro y *jeans* negros. Como no sabía exactamente dónde íbamos, yo había optado por un lindo vestido de verano. No demasiado formal, pero lo suficiente si terminábamos en un restaurante bueno.

Decir que me quedé sorprendida cuando montamos en el *ferry* sería quedarme corta, ya que Mason nunca había parecido la clase de chico aventurero. Sin embargo, pareció disfrutar el trayecto a la isla.

Él se encogió de hombros.

—Llevo más de dos años en Seattle y yo tampoco había tomado el *ferry*.

Aquello no me sorprendió mucho. Dejé caer los cubiertos en mi plato. El pescado estaba realmente fresco y delicioso, pero estaba llena.

—¿Qué haces exactamente para divertirte? —le pregunté. Tenía que haber algo que le apasionara aparte del trabajo.

—Nada —respondió taciturno—. Tengo un horario marcado todos los días. Me levanto, entreno en el gimnasio de casa, voy a trabajar y lidio con todo lo que ello implica, vuelvo tarde a casa y me voy a dormir. Y vuelta a empezar a la mañana siguiente.

—¿No quedas con amigos para hacer nada?

—Tengo conocidos por negocios, no amigos. Sigo en contacto con algunos de la universidad, pero están en la Costa Este.

Se me encogió el corazón, la presión tan intensa que sentí que iba a estallar. «Dios, ¿cómo puede nadie vivir así? Sí, yo trabajo mucho porque es creativo y me encanta. Pero no es sano para nadie trabajar a cada momento del día».

—Eso no es bueno para ti —le dije con firmeza—. Tienes que tomarte un poco de tiempo libre para recargar las pilas.

—¿Y hacer qué exactamente? —preguntó.

Yo permanecí en silencio cuando la camarera volvió con la tarjeta de crédito de Mason y nos dio las gracias a ambos por unirnos a ellos para cenar. Los dos pasamos de tomar postre porque las porciones y los aperitivos eran enormes.

—Mason —dije con un suspiro—. Estás en Seattle. Es un lugar increíble para vivir. Hay agua, montañas, vida nocturna, museos y exposiciones increíbles, teatro… no hay casi nada que no puedas hacer aquí.

—Ya, bueno, probablemente voy a hacer algo de eso, ya que mis hermanos han decidido echarme de mi despacho una semana —dijo tenso.

Yo lo miré sorprendida.

—¿Que han hecho qué?

—Parece que opinan lo mismo que tú, así que hoy han tomado la postura de que la mayoría decide. Los muy cabrones —musitó—. Me han dejado fuera de mi despacho una semana.

«Ay, Dios mío».

—No puede ser —dije yo—. ¿De verdad lo han hecho?

—Sí —dijo él con la mandíbula apretada—. Pero no creo que se hayan dado cuenta de que puedo trabajar desde casa. Tengo todo lo que necesito allí.

Como sabía que Jett y Carter estaban obligando a Mason a tomarse unas vacaciones de la manera más exigente posible, tuve que contener una sonrisa.

—No me odies por lo que voy a decir —le advertí—. Pero ¿de verdad crees que no han considerado esa posibilidad? Jett es uno de los chicos de más talento con las tecnologías en el mundo. No sé mucho sobre ordenadores, pero no puede ser tan difícil para él cambiar tu contraseña o algo así.

—Los mataré a los dos si lo han hecho —respondió él en tono cascarrabias.

—Mason, ¿por qué te resistes tanto a esto? Si te sirve de ayuda, yo tengo acciones en Lawson y, como accionista, estoy totalmente de acuerdo.

Pareció desconcertado un segundo antes de responder.

—¿Has invertido en Lawson?

Yo asentí.

—Información privilegiada de Brynn cuando seguíamos modelando a jornada completa. Ambas compramos acciones cuando salisteis a la bolsa. He recibido un rendimiento de inversión increíble —respondí yo—. Lo último que quiero es un dueño quemado al timón.

—No estoy quemado. Por Dios, solo voy a cumplir treinta y seis, no ochenta.

Yo quería esas vacaciones para Mason, así que pensaba pelear por ellas.

—¿Y si yo me tomo unos días contigo? Podríamos hacer juntos algunas de las cosas divertidas que ofrece la ciudad. Es decir, no ocuparía todo tu tiempo libre, pero me vendría bien un descanso. Y, al contrario que tú, yo sí me doy cuenta de que mi equipo directivo puede lidiar con todo ahora que lo tengo. La mayor parte de mi trabajo se desarrolla principalmente en el aspecto creativo.

No tenía ni idea de si él quería una segunda cita, pero estaba ofreciéndoselo más como amiga que como mujer que lo deseaba. Tal vez Mason siguiera siendo joven, pero yo veía sus ojeras oscuras cuando miraba más allá de su expresión severa y las señales del estrés estaban presentes en su apuesto rostro. Parecía tenso. Siempre.

—Puedes ocupar todo mi tiempo libre —dijo él con entusiasmo—. Jett se ha ido y Carter irá todos los días a la oficina puesto que Jett y yo no vamos a estar.

—¿Estás dispuesto a seguirme la corriente en cualquier cosa que yo quiera hacer? —inquirí, cruzando los brazos frente al pecho. No pensaba dejar que se librase de salir a la calle a explorar para averiguar qué era lo que le gustaba hacer exactamente—. Voy a hacer todo los posible para persuadirte de que tengas vida fuera de la oficina en el futuro. —Estaba advertido.

—Sí —dijo él con cautela—. Pero nada de ir a la Space Needle y cosas de turistas.

—Decididamente, vamos a ir a la Space Needle si nunca has subido al observatorio.

—Por Dios, pero si puedo ver el tejado desde el apartamento de Jett. Es una trampa para turistas.

—Pero nunca has visto el panorama desde el observatorio —contesté con insistencia—. Es divertido.

—Puede ser —dijo él, flaqueando un poco.

—Mañana —le informé—. Ponte ropa fresquita. Es posible que tengamos que pasar un rato en la fila.

Era uno de los meses más calurosos del año y Seattle era una ciudad increíblemente húmeda.

—Odio el calor —protestó.

—Te acostumbrarás —bromeé yo.

—Estoy seguro de que puedo ponerme en contacto con alguien…

—¡No! —dije agitando el dedo hacia él—. No tienes permiso en absoluto para usar tu influencia para que subamos y bajemos del observatorio sin hacer de turistas. Vamos de turistas. Como gente normal.

Aunque podía resultar tentador saltarse la fila, incluso para mí, la multitud formaba parte de la experiencia. Quería que se sumergiera en cómo era ser una persona normal en lugar de un multimillonario.

—Te reconocerán si nos metemos en el bullicio —me advirtió—. Yo no suelo salir mucho para que me hagan fotos, pero tu cara está en todas partes.

—No suelen molestarme en público —le dije—. La gente está ocupada con su propia vida y yo me veo diferente en la calle que completamente maquillada.

—Lo dudo. Por si acaso no lo había mencionado, estás absolutamente preciosa esta noche.

Sentí que el rostro empezaba a acalorárseme. Ya había mencionado lo bien que me veía. En mi casa. En el trayecto en *ferry*. En camino al restaurante. Cierto, nunca podría decir que Mason era un zalamero, pero tal vez fuera por eso por lo que sus cumplidos hacían que el corazón me diera saltitos de alegría. Los decía sinceramente.

—Gracias —musité mientras lo miraba.

Algo más que mi rostro se acaloraba mientras observaba cómo sus ojos me acariciaban codiciosamente. Me estremecí en respuesta. Crucé las piernas, incómoda a medida que el calor húmedo fluía entre mis muslos.

Todo lo que aquel hombre tenía que hacer era mirarme y yo terminaba hecha un lío. No podía ocultar el deseo en su mirada tormentosa y, cuando esta aterrizó en mi escote importante, él no dejó de mirar de inmediato. Fue como si no le importara una mierda si lo pillaba mirando fijamente mis grandes pechos.

—Eh… ¿Mason? —dije sin aliento—. ¿Hay trato?

Si no dejaba de mirarme como si fuera dueño de mi cuerpo y codiciara cada centímetro de mi ser, yo iba a perder la cabeza.

—Hay trato. —Se puso en pie y me ofreció la mano—. Vámonos.

Yo la agarré como si fuera un salvavidas y dejé que me sacara del restaurante.

No hablamos mucho durante el paseo de vuelta a la terminal del *ferry*, pero Mason no soltó mi mano. Simplemente relajó el agarre y dejó que su dedo pulgar se deslizase sobre mi piel.

Sus gestos eran sutiles, pero también se sentían posesivos, y yo me odié porque aquel agarre protector me gustaba tanto que me dieron ganas de retorcerme de placer. Sin aliento, ardía en deseos de arrojarme a sus brazos y suplicar que me jodiera para cuando conseguimos embarcar en la terminal y encontramos un sitio junto a la barandilla para el trayecto de cuarenta minutos en barco de vuelta a Seattle.

—Hemos conseguido lo mejor de ambos mundos —dije con un suspiro cuando el *ferry* se puso en marcha—. Seguía siendo de día cuando nos fuimos y ahora vemos Seattle iluminada en el camino de vuelta.

Mason presionó el pecho contra mi espalda y envolvió mi cuerpo con sus brazos desde atrás. Yo sentí su aliento cálido en mi cuello cuando dijo con voz ronca:

—Yo no voy a ver las luces. Lo único que parezco capaz de mirar eres tú.

Yo me giré hasta mirarlo de frente y sus manos se aferraron a la barandilla de metal, dejándome atrapada entre sus brazos.

—Mason —gemí, la voz tan repleta de necesidad que me sentí ligeramente avergonzada.

Su mirada se encontró con la mía y la química que había entre nosotros era tan fuerte que todo mi cuerpo se tensó.

«Bésame. Por Dios, bésame».

Hacía mucho viento en el *ferry*, pero en ese momento nada podría haberme hecho sentir el frío. Estaba con Mason. Su cuerpo presionaba el mío. Y yo ardía. Como por instinto, me abracé a su cuello, porque necesitaba tocarlo. Apenas había tenido tiempo para acariciarle el pelo de la nuca antes de que él dijera bruscamente:

—He estado esperando esto toda la noche.

Su boca se abalanzó sobre la mía. No hubo nada tentativo en su primer beso. Devoró mi boca como si necesitara reivindicarla.

Fue un beso ardiente, húmedo y completamente carnal. Abrí los labios y le cedí el paso, tan hambrienta por él como lo estaba él por mí. Quizá más.

Había deseado aquello desde el momento en que nos conocimos, y ese deseo crepitaba y crecía cada vez que hablaba con él desde entonces. Finalmente, pude soltarme y fue un alivio enredar mi lengua con la suya y, al menos, poder explorar una pequeña parte de aquel hombre grande, atrevido y hermoso.

Había gente deambulando por la zona de cubierta, pero en ese momento no existía para mí nada más que Mason. No me importaba una mierda quién nos viera. Él exigía toda mi atención y la tenía. Ensarté las manos en su cabello áspero, disfrutando de la sensación embriagadora de por fin llegar a conocer su sabor. Su aroma masculino me rodeaba y me sumergí en su abrazo como si no existiera nada más que permanecer cerca de él. Era tan corpulento que me hacía sentir diminuta, adorada y protegida. Gemí en protesta cuando sus labios dejaron los míos para explorar la piel sensible de mi cuello.

—¡Dios, Laura! Qué ganas de joder contigo aquí y ahora —carraspeó contra mi piel antes de agarrarme el trasero para alinearme con su cuerpo musculoso.

Yo cerré los ojos al sentir la prueba de su deseo, su pene duro que presionaba contra el *denim* de sus pantalones, apretándose en el lugar donde se unían mis muslos.

—Mason —le susurré al oído mientras me rozaba contra él, deseosa de mucho más.

Él dio un paso atrás de repente. Me sentí tentada de seguirlo y mantener mi cuerpo colgado del suyo, pero no lo hice. Sus respiración era fuerte cuando se mesó el cabello oscuro con frustración.

—Un día vas a matarme, joder —dijo con voz sombría.

Pero sus ojos… chisporroteaban con un calor líquido que anulaba el comentario negativo. Mason me deseaba tanto como yo a él, y su cara era un libro abierto que reflejaba la verdad al desnudo. Esta también era evidente bajo sus pantalones. La había sentido. Me había rozado contra ella. Ahora quería liberarlo y sentir ese enorme miembro dentro de mí. Inspiré hondo, agitada.

—Nunca había tenido un fetiche de tener sexo en público —dije con intención de aligerar los humos.

Di media vuelta y me aferré a la barandilla, con el corazón aún latiendo desbocado en mi pecho. Mason me rodeó la cintura con los brazos, pero esta vez me sujeto con más delicadeza.

—Consigues hacer que olvide que hay nadie alrededor excepto tú —me susurró con voz ronca al oído.

El corazón me dio un vuelco.

—No creo que ninguno de nosotros esté listo para que esto vaya más lejos.

«Mentirosa. Soy una mentirosa. Estoy casi a punto de suplicar».

—Habla por ti —gruñó—. —Llevo mucho tiempo listo.

Sonaba tan decepcionado que me recliné contra él y reí mientras mirábamos las luces de Seattle titilando cada vez más cerca hasta que el trayecto en *ferry* terminó.

Capítulo 12

Laura:

Blog de Laura Hastings, hoy, 9.00 h

Algunas de vosotras me habéis preguntado cómo es posible que sea insegura, así que me gustaría responder a esa pregunta hoy.

Sé que he tenido una carrera de éxito como modelo, pero, creedme, es muy fácil sentirse como la enorme mujer fea de la sala. El mundo de la moda está repleto de mujeres preciosas. Yo no soy más que una cara bonita pasable en una multitud de bellezones que son mucho más delgadas y pequeñas que yo, que es lo aceptable en la industria de la moda. Como todas sabéis, yo quiero que eso cambie, pero no sucederá de la noche a la mañana.

El caso es que ser modelo no es el mundo real, y tengo que recordar eso. Me acerco vertiginosamente a los treinta y cinco y he tenido la suerte de vivir una carrera larga para una modelo. Pero prácticamente estoy lista para retirarme definitivamente y aún me queda mucha vida por delante.

Supongo que lo que intento decir es que, si vais a hacer del modelaje vuestra carrera, recordéis que es una empresa efímera. Utilizadlo como plataforma para lanzaros a una carrera larga y de éxito haciendo otra cosa cuando os retiréis de la pasarela. Pero no os lo toméis demasiado en serio ni sacrifiquéis nada de vosotras mismas para ser modelos perfectas porque no será vuestra carrera durante mucho tiempo.

Estoy sana. Soy feliz. Me encanta mi carrera y crear moda que se ajusta a mujeres de todas las formas y tallas. Pero, sí, todavía tengo inseguridades. Creo que la mayoría de las mujeres las tiene. El secreto es no dejar rienda suelta a esa sensación de ser menos que nadie dirigir toda nuestra vida.

Hay mucho más detrás de una persona que un cuerpo o una cara. Creo que la diversidad corporal es algo que debería celebrarse y no menospreciarse en mi sector. Y creo que las modelos tienen que empezar a verse más realistas y auténticas con respecto a cómo es de hecho nuestro mundo de mujeres.

Cada una de nosotras es un individuo único y eso es algo por lo que alegrarse. Qué aburrido sería el mundo si todas fuéramos robots de talla pequeña y exactamente iguales.

Sonríete en el espejo al menos una vez al día. Eres preciosa, tanto si lo sabes como si no.

Besos ~ Laura

—Sinceramente, no sé por qué tienes inseguridades —comentó Mason mientras levantaba la mirada de su portátil.

Después de arrastrarlo por ahí durante cuatro días para hacer de turista, le había dado un día de descanso en la piscina que tenía en casa, piscina que siempre tenía preparada, pero que nunca había utilizado. Ambos habíamos estado nadando y ahora tomábamos el sol en unas tumbonas situadas una junto a la otra.

—Deja que lo adivine. ¿Estás leyendo la publicación de mi blog? —Yo estaba a punto de quedarme dormida, así que no le había visto tomar el ordenador.

—Por supuesto. Siempre lo hago.

No podía decir que tenía una relación relajada con Mason, pero me gustaba pasar tiempo con él. Se había quejado todos los días de acudir a lo que él consideraba atracciones turísticas, pero la mayor parte eran provocaciones. Sinceramente, yo estaba casi segura de que se lo había pasado bien en la torre Space Needle, en el mercado de Pike Place y en la mayor parte de los museos y parques donde lo había llevado a rastras durante los últimos cuatro días. Incluso me había dejado tirar de él hacia la Seattle Great Wheel porque yo nunca había montado en la gigantesca noria.

Me aseguraba de que estuviéramos increíblemente ocupados durante el día y normalmente volvía a mi apartamento antes de cenar. Después de aquel abrazo increíblemente íntimo en el *ferry* de Bainbridge, me había costado relajarme con él. Lo único en lo que podía pensar era en cuánto deseaba que hiciera mucho más que besarme. Era el primer día que me permitía relajarme sin llenar el día de actividades, y estaba demostrando ser increíblemente difícil puesto que ambos estábamos tumbados medio desnudos junto a su piscina.

No es que él no fuera ataviado de manera bastante conservadora con unos pantalones cortos, pero era increíblemente difícil resistirse a estirar el brazo para tocar la piel suave y húmeda de su torso ancho y musculoso, recorrer cada músculo tonificado de su abdomen. Estaba tremendamente guapo con el pelo revuelto y aún húmedo después de su baño.

Suspiré en silencio e intenté no recordar cada vez que me había dado la mano o un beso ardiente durante los pasados días. Fracasé a todas luces. Él mantuvo la situación desenfadada, como si temiera asustarme y que me alejara. Pero yo no tenía miedo de Mason, excepto por el hecho de que él volvería al trabajo el lunes y nuestro tiempo robado juntos se terminaría. Me obligué a salir de mi trance de deseo, aparté la mirada de él por fin y dije:

—Muchas mujeres me han preguntado cómo puedo tener inseguridades y aun así ser una modelo que parece segura de sí misma en su propia piel. Yo quería explicarles que parecer segura de mí misma e interiorizarlo son cosas distintas.

—Tu publicación sonaba más bien como una advertencia a mujeres que quieran entrar en el sector del modelaje —comentó.

—Lo era —confirmé yo—. Realmente es una carrera corta y no merece la pena destrozar la propia salud por ella. Yo me quedé atascada intentando encajar en el molde, tanto si era bueno para mí como si no.

—¿Cuándo crees que te retirarás por completo? —preguntó con curiosidad.

—He estado aceptando cada vez menos trabajo durante varios años ya. Es posible que la sesión de fotos en lencería sea mi último encargo. He tenido una carrera larga. Algunas modelos están acabadas para cuando llegan a los treinta, o incluso antes.

—¿Estás triste de ver terminar esa parte de tu vida? —preguntó.

—No. En realidad, no. Sería agradable tomarme un trozo de tarta y no sentirme tan culpable que me arrepienta de haberlo comido —bromeé—. Estoy muy emocionada de pasar página para poder centrarme por completo en el diseño. Me encanta viajar, pero sería bonito hacerlo simplemente porque quiero ir a algún sitio. Creo que siempre estaré involucrada en el mundo de la moda de una u otra manera, y utilizaré toda la influencia y voz que tengo para intentar cambiar la industria, para que las mujeres no se maten intentando ser tan delgadas que no sea saludable.

—Ya has traído algunos cambios —comentó Mason.

—No los suficientes —respondí llanamente—. Sí, ahora hay un lugar que no existía antes para modelos más grandes, pero principalmente para empresas conocidas por su tallas grandes. Lleva tiempo el que una industria cambie cuando ha hecho las cosas de la misma manera durante décadas.

—Si alguien puede hacer eso, tú puedes —dijo Mason con una certeza reconfortante.

—Gracias —dije sinceramente.

—¿Cuándo te marchas para la sesión de fotos en lencería?

—Tengo que estar en San Diego dentro de una semana a partir del lunes.

—Haré que preparen mi avión privado para ti.

Tardé un momento en comprender a qué se refería.

—Mason, no voy a llevarme tu avión. Es un cliente de larga duración y pagarán mis gastos. Ya tengo un vuelo reservado.

—Cancélalo. Es más seguro para ti tomar mi avión. Mi chófer puede dejarte directamente junto al avión y haré que alguien te recoja en San Diego. ¿Dónde te hospedas?

Yo sabía que a Mason le gustaba tener el control, pero me oponía a que planease mi agenda.

—No es asunto tuyo —dije con calma—. Y no voy a cambiar mis planes. Llevo casi veinte años dirigiendo mi propia vida. He viajado por todo el mundo y sigo viva.

—No estabas saliendo con un tipo que ha hecho muchísimos enemigos en su camino a lo más alto —respondió él en tono cortante—. Ahora estamos saliendo. Necesitas algún tipo de seguridad.

Yo volví la cabeza para mirarlo y me percaté de que hablaba totalmente en serio. La mirada dura en su rostro lo confirmaba.

—Nunca he necesitado seguridad —discutí—. Y ni una sola persona me ha reconocido mientras estaba contigo. ¿Estamos saliendo? ¿De verdad? Yo creía que esto era un experimento de una semana. Una especie de periodo de prueba.

Para ser sincera, me sentía confundida sobre lo que Mason y yo éramos el uno para el otro. Era yo quien le había desafiado a pasar tiempo conmigo para averiguar si podía disfrutar de alguna experiencia aparte del trabajo. Evidentemente, podía. Independientemente de sus quejas, parecía haberlo pasado bien aquella semana. Yo no tenía ni idea de si me habría vuelto a pedir salir de no haber propuesto mi idea de enseñarle a ver Seattle como una persona normal.

Se incorporó en la tumbona y lanzó su toalla contra el respaldo.

—Para mí siempre ha sido más que un puñetero experimento —respondió, la voz gélida—. Pero supongo que debería haberme percatado de que para ti solo era un juego, ya que sales huyendo de mi cada noche como si tuvieras un petardo en el trasero. Debería haber comprendido que en realidad no querías hacer de esto algo más serio. No estaba intentando ser controlador, Laura. Me preocupaba tu seguridad. Supongo que he dado demasiado por hecho. —Se puso en pie—. Tengo que ir a darme una ducha. Como se está haciendo tarde, supongo que encontrarás la salida.

No esperó a que le respondiera. Mason dio media vuelta y entró en su casa, pero no sin que yo no viera antes un destello diminuto de decepción en sus ojos. Su expresión era formidable, pero había llegado a conocerlo lo bastante bien como para darme cuenta de que solo recurría a una indiferencia desabrida cuando creía que tenía que ponerse a la defensiva. Yo seguía mirando de hito en hito la puerta corredera por la que había salido, incapaz de creer que se hubiera marchado sin más.

No me había dado oportunidad de responder ni explicarme. Seguí mirando boquiabierta la puerta corredera de vidrio que había usado para escapar al interior de la casa mientras pensaba en lo poco que había dicho.

«Le preocupa mi seguridad. De acuerdo. Pero podría haber encontrado un método mucho mejor para explicármelo, en lugar de exigirme que haga lo que él diga sin ningún motivo del porqué debería. Siempre ha visto nuestro tiempo juntos como algo más que un experimento». Pero, en realidad, ¿no es eso exactamente lo que es tener citas? Una prueba para ver si dos personas están bien juntas.

«Huyo de él como si tuviera un petardo en el trasero», me dije.

Finalmente, cerré la boca y tragué saliva. Mason me había pillado en esa. Huía de él en cuanto se terminaban nuestras excursiones. La química entre nosotros era demasiado intensa. Y esa clase de atracción loca, el tipo que es profundamente carnal y básico, era tan nueva para mí que no sabía cómo demonios manejarla. Deseaba a Mason tan desesperadamente que había momentos en que todo mi cuerpo había empezado a temblar con un anhelo tan intenso que me cortaba la respiración. Tenía que salir corriendo. Era eso o decirle lo que sentía y arriesgarme. El problema era que yo no sabía si Mason quería un rollo de una noche o algo más.

«¿Acaso importa? ¿Sabe alguien si una relación durará? No soy una puñetera mojigata. Soy joven, tengo necesidades sexuales y, hasta ahora mismo, en este preciso instante, he intentado aplacarlas yo misma porque ninguno de los tipos con los que he salido ha conseguido llevarme al orgasmo. Ni de lejos».

No había tenido ningún orgasmo con una pareja. Mason podría conseguirlo. Y probablemente eso era lo que me daba miedo. Si me permitía unirme demasiado a Mason, podría romperme el corazón. Eso me aterraba. Por otra parte, si no me arriesgaba, nunca sabría qué podría haber pasado. Por lo general, no me acostaba con un chico después de unas cuantas citas. Pero mi situación con Mason era diferente. Era como si todas esas llamadas dominicales y quedadas en diversos eventos familiares hubieran sido un año entero de preliminares. No era un tipo cualquiera al que había conocido en un evento del trabajo. En algún momento durante el pasado año, se había vuelto… importante para mí. Lo bastante necesario como para haberle ocultado la verdad acerca de mi decisión de tener un hijo. No porque no fuera asunto suyo lo que hiciera. Sino porque no quería perder el vínculo con él.

«¿Y qué si solo es un rollo de una noche? Al menos habré tenido esa experiencia», me dije. Sabría lo que era estar con un chico que se sentía atraído por mí, a quien por lo visto yo le importaba. Y yo quería eso. Desesperadamente. «No puedo salir huyendo esta vez. No voy a marcharme de aquí porque tema que Mason pueda ser el chico capaz de romperme el corazón. ¡Maldita sea! Yo no soy la clase de mujer que se echa atrás y se rinde».

Me levanté de mi tumbona y me dirigí a la casa. Después de echar el pestillo de la puerta corredera a mis espaldas, me dirigí hacia las escaleras, consciente de que iba a necesitar todo el nervio que pudiera echarle porque estaba resuelta a seducir a Mason Lawson.

Capítulo 13

Laura

Oí que la ducha seguía abierta antes de entrar en el dormitorio principal. Tomé de la cama mi bolsa con la ropa que me había quitado al cambiarme aquella mañana.

«Bien. Puedo ponerme la ropa para esta conversación», pensé. Estaba bastante cómoda con el modesto bañador de una pieza, pero me sentiría mucho mejor al hacer frente a Mason si pudiera volver a ponerme mi vestido de verano. «Debemos hablar vestidos para evitar distracciones; pero, después, fuera ropa». Cierto, nunca había seducido a ningún hombre, pero planeaba hacer todo lo que pudiera.

Estaba cansada de desear a Mason, pero no permitirme tocarlo de verdad porque temía el rechazo. Ya era hora de que me arriesgara; no pensaba dejar pasar lo que podía ser una oportunidad única en la vida de estar con un hombre que realmente me deseaba. Me quité rápidamente el traje de baño y alcancé mi ropa interior. Lo que necesitaba realmente era una ducha. Tenía que quitarme los químicos de la piscina del pelo y de la piel. «Más tarde. Puedo ducharme más tarde. Primero, tengo que hablar con Mason». Justo cuando decidí pasar de buscar otra ducha en la casa, el ruido del agua corriente se detuvo de pronto.

Estaba tan nerviosa que me quedé helada y esperé que se quedase un minuto en el baño. Por desgracia, salió unos cinco segundos después sin nada más que una toalla envolviéndole la cintura. «Ay, mierda». Estaba clavada y no podría haber movido un músculo, aunque la casa se estuviera incendiando o algo así.

Mason llevaba el pelo corto mojado y revuelto, como si ya hubiera usado la toalla para secárselo. Mis ojos se deslizaron hacia abajo, fascinados por las gotas de agua que se adherían a la piel desnuda de su enorme torso. La toalla colgaba baja de sus caderas, por lo que no pude ignorar el pequeño rastro de vello que conducía seductoramente a la parte superior de la toalla. El cuerpo me ardía en deseos de arrancarle esa toalla y ver exactamente qué ocultaba debajo. Quería tocarlo. Tocarlo de verdad. Y era una lucha enconada el no seguir mis instintos.

—¿Qué demonios haces aquí? Creía que te habías marchado —dijo con dureza.

—No podía. Así, no —susurré con la boca seca. «Dios, incluso mi voz delata cuánto lo deseo»—. Tenemos que hablar.

Nuestras miradas se encontraron. La mía probablemente era suplicante, pero la suya seguía siendo glacial.

—¿Esperas que sea capaz de mantener una conversación contigo ahí de pie, desnuda? —preguntó con aspereza.

Estaba tan cautivada que había olvidado que seguía con la ropa interior en la mano. —Lo-lo-lo siento —tartamudeé—. Subí a vestirme y luego pensé que quizás necesitaba una ducha por el cloro, pero entonces decidí saltármela y vestirme para que pudiéramos hablar. —Hablaba sin parar, pero no podía evitarlo. Había tanta tensión en el dormitorio que prácticamente era palpable.

Él me miraba fijamente; me sostuvo la mirada con firmeza, pero no habló, así que proseguí:

—No huía, Mason. Te lo juro. La manera en que me haces sentir a veces… me da miedo. No quiero hacer de esto algo más de lo que es porque temo que, cuando acabe esta aventura, dolerá no volver a verte. No quiero que me importe demasiado.

Observé, fascinada a medida que todo el hielo de sus ojos se esfumaba.

De pronto lo vi frente a mí, algo impactante para un chico tan grande como Mason, la mirada intensa y cálida.

Él me tomó por los hombros mientras decía:

—Que te importe, Laura. Quiero que te importe, porque a mí me importa, eso seguro. Esto no es un puñetero juego para mí. Estoy contigo todos los días porque no puedo imaginarme tener tiempo libre y pasarlo con nadie más. Quiero estar contigo. Y no tengo planeado olvidarme de esto pasada una semana. Llevo demasiado tiempo deseándote como para dejarte marchar ahora.

—Entonces ¿por qué te marchaste? —pregunté en voz baja.

—Porque también me preocupa que me importes demasiado si no sientes lo mismo que yo —dijo con voz áspera—. Me percaté de que intentabas marcar las distancias entre nosotros. Yo no quiero distancia, Laura. No la necesito. Ya sé lo que quiero.

—¿Qué? —pregunté con el corazón batiéndome contra el pecho.

Sus ojos se tornaron tormentosos y oscuros cuando respondió.

—A ti.

—Mason, yo… —«Quiero que me toques. Que me toques de verdad», pensé—. Estoy desnuda —dije débilmente.

—Ya me he dado cuenta, créeme —respondió con voz ronca.

—Será mejor que me dé una ducha. —Si no me alejaba de él, le arrancaría la toalla que llevaba y me arrojaría a ese deslumbrante y enorme cuerpo suyo. Y luego le suplicaría que me jodiera.

Él aflojó el agarre sobre mis hombros.

—Puedes usar la mía —me ofreció—. Si necesitas que alguien te enjabone la espalda, yo estoy disponible.

«Es la hora de la verdad, Laura. Sabes que tú también quieres. Tu objetivo era la seducción. ¡Hazlo!». Tomé mi ropa de la cama y me dirigí hacia el cuarto de baño mientras decía:

—Puede que necesite ayuda.

Capté una mirada en su rostro justo antes de cruzar la puerta del baño.

—Laura —dije con un gruñido de advertencia—. No estoy de humor para bromas.

—No era una broma —respondí en tono firme mientras cerraba la puerta parcialmente a mi espalda.

Fui a abrir el grifo de la ducha y me metí dentro, todo el cuerpo tembloroso por la tensión sexual que estaba a punto de acabar conmigo. Dejé que el agua me cayera por la espalda y me lavé el cabello. Cuanto más tiempo pasaba, más segura estaba de que Mason no iba a unirse a mí, aunque lo había invitado.

«¿Y si no sabe que hablo en serio?», pensé. Después de todo, parecía creer que estaba bromeando. La tensión se aligeró lentamente a medida que el agua caliente me golpeaba la espalda y me mojaba el pelo «Puede que sea mejor así. Tal vez es demasiado pronto. Al menos sé que no está jugando conmigo. Que no solo está matando el tiempo conmigo», me dije. En cambio, no pensaba seguir huyendo de él. No desde que había tomado la decisión de que estaba dispuesta a arriesgarme para averiguar cómo sería estar con alguien como él. Sin embargo, tendríamos que hablar de su autoritarismo. Era agradable que estuviera preocupado por mi seguridad, pero no había dejado lugar a discusión.

Grité cuando la puerta de cristal de la ducha se abrió de golpe y un hombre grande y desnudo se metió en la ducha.

—Mason —dije sin aliento, con el corazón desbocado—. Me has asustado.

—Espero por lo que más quieras que estuvieras hablando en serio cuando me hiciste esa invitación. He aguantado ahí fuera durante cinco minutos largos diciéndome que podía esperar hasta que te sintieras más cómoda conmigo, pero no creo que pueda —dijo con voz ronca.

—Lo decía en serio —respondí, alzando la vista hacia la mirada atormentada en su rostro, una expresión que hizo que se me encogiera el corazón de dolor. Mason era un tipo complicado y yo sabía que no le resultaba fácil expresar cómo se sentía exactamente. Pero lo veía.

Lo sentía. Y su incertidumbre fortaleció mi resolución. Lo observé mientras se echaba gel en la mano y decía:

—Date la vuelta.

«Ah, Dios. Realmente va a lavarme la espalda». Di media vuelta, pero no sin antes echar un vistazo rápido a su gigantesco pene erecto. Mason era grande en el sentido más amplio de la palabra y, aunque su miembro resultaba un poco imponente, me temblaban las piernas de deseo de tenerlo dentro de mí. En cuanto le di la espalda, me estremecí ante la sensación sedosa de sus manos grandes y resbaladizas por el jabón deslizándose sobre mi piel.

No solo me tocó, sino que me masajeó, las manos firmes pero delicadas. Aunque todos mis sentidos estaban alerta, consiguió que me relajara.

—Ay, Dios, qué gusto, Mason —dije, medio gimiendo cuando su dedo pulgar se concentró en un músculo tenso de mi cuello.

Me atrajo contra su torso húmedo, desnudo, y me dijo con voz áspera al oído:

—Eres preciosa, Laura. ¿Tienes la menor idea de cuántas fantasías he tenido con esto?

—No —jadeé cuando me colocó las manos bajo los pechos para ahuecarlos.

Deslizó los pulgares sobre mis pezones sensibles mientras respondía:

—Tantas que perdí la cuenta. En mis fantasías, te he jodido en esta ducha en todas las posturas imaginables y en todas las superficies disponibles de la casa. No hay ningún sitio donde no te haya hecho mía.

Yo eché la cabeza hacia atrás y cerré los ojos.

—Pero esto es real.

—Ya lo creo que lo es —dijo con un gruñido—. Y voy a hacer que dure todo lo que pueda.

Me hizo girar en sus brazos, me agarró del pelo y tiró de mi cabeza hacia atrás. Aunque resulte extraño, cuando tomó el control, yo me derretí. Gemí contra sus labios mientras su boca descendía sobre la mía. El beso fue frenético y delirante, enérgico y delicioso. Me abracé a su cuello y me aferré como a la vida misma. Abrí la boca y enredé mi lengua con la suya, dándole a entender sin palabras lo desesperadamente que necesitaba estar unida a él. Solté un quejido al notar su miembro presionado contra el vientre e intenté meter la mano entre nuestros cuerpos para rodear su erección con los dedos.

Él levantó la cabeza.

—No lo hagas, Laura. Todavía no. No tengo ningún control ahora mismo.

—Solo necesito tocarte, Mason. Lo deseo…

—Lo sé. Y yo necesito hacer que te vengas porque noto tu frustración —respondió él mientras se dejaba caer de rodillas.

—Mason, ¿qué estás…? —Las palabras me abandonaron cuando enterró el rostro en mi sexo y me percaté de lo que estaba haciendo exactamente.

«Ay, Dios mío».

Su lengua perforó mis pliegues e invadió la carne rosa, húmeda y temblorosa de mi sexo, y yo gemí de placer.

—¡Sí! —dije mientras mis manos se aferraban a su pelo para intentar mover su cabeza hacia donde la necesitaba.

Pero él no me complació de inmediato. Sus manos se deslizaron hacia arriba por la cara posterior de mis muslos para agarrarme el trasero mientras su boca exploraba cada centímetro de piel rosa disponible entre mis piernas, excepto el clítoris.

Le tiré del pelo.

—Mason. Por favor.

Su caricia era un dulce tormento y yo no estaba segura de cuánto más aguantaría. No me estremecí cuando sus dedos se clavaron en mi trasero y me empujaron hacia adelante. Estaba demasiado extasiada de que su lengua lamiera por fin el erecto manojo de nervios que suplicaba su atención. De pronto, esa boca endiablada estaba por todas partes y bajé la mirada para ver cómo se daba un festín en mi sexo. Estuve a punto de llegar al clímax solo de ver la ferocidad y la concentración en sus acciones. Hacer que me viniera parecía ser su único pensamiento, su única misión y yo tendría que darle lo que quería.

—¡Mason! —exclamé con un grito agudo que no reconocí como propio.

Verlo de rodillas y con la cabeza morena entre mis muslos fue demasiado. La estimulación de su lengua escurridiza era demasiado. Su necesidad carnal de verme llegar era demasiado. Empuñé sus cabellos, necesitada de un lugar donde anclarme. Mason Lawson era completamente primitivo en ese momento y yo nunca había visto ni sentido nada tan placentero en toda mi vida. El tenso nudo en el estómago empezó a desplegarse y las sensaciones se dispararon directas a mi centro. El clímax me apisonó con una ferocidad que me hizo gemir y gimotear a medida que me hundía sin remedio en el placer. Mason lamía y chupaba con ganas todos mis jugos, como si fueran néctar de los dioses, lo cual alargó el éxtasis durante mucho más tiempo de lo que solían durar mis orgasmos. Yo temblaba cuando él se puso en pie y me rodeó la cintura con un brazo musculoso, lo cual evitó que cayera al suelo, porque mis piernas cedieron bajo mi peso.

—Mason —dije con un suspiro al caer contra su enorme torso.

Él cerró el grifo y tomó mi mano mientras yo salía de la ducha. Me secó a toda prisa, dejó caer la toalla en el suelo, me levantó en volandas y salió del baño con enormes zancadas.

—Ay, Dios. Vas a matarte llevándome así —le advertí sin aliento.

—Entonces moriré extasiado —respondió con voz ronca justo antes de arrojarme sobre la cama.

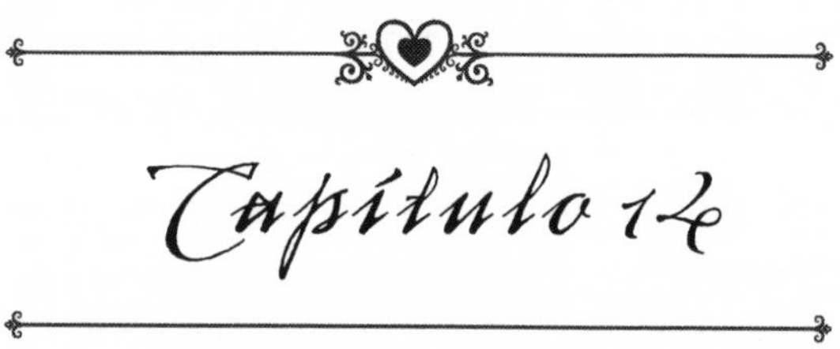

Capítulo 14

Laura

La cabeza aún me daba vueltas por el prolongado clímax que había alcanzado en la ducha, pero no me sentí totalmente satisfecha hasta que Mason me cubrió y sentí toda su piel tersa, ardiente y deliciosa al contacto con la mía. Envolví su cintura con mis largas piernas para asegurarme de que no se marchaba a ningún lado. Había estado esperando aquello. Lo había deseado durante tanto tiempo. Me abracé con fuerza a su cuello e insistí:

—Jódeme, Mason. Por favor.

—¡Dios! —me dijo al oído—. ¿Sabes cuánto tiempo he estado esperando oírte decir eso?

—Jódeme —repetí.

—Baja el ritmo, nena —dijo con voz ronca—. No soy pequeño en ningún sentido. No quiero hacerte daño.

Un instante efímero de cordura pasó por mi mente enfebrecida de deseo y me di cuenta de que Mason temía que el tamaño de su miembro pudiera suponer un problema. ¿Para mí?

—No me harás daño —gemí—. Yo tampoco soy pequeña en ningún sentido. —Cierto, les había echado un buen vistazo a sus atributos. Tenía una verga enorme, ancha y pesada, pero mi cuerpo clamaba por tenerlo dentro—. Por favor —imploré una vez más al tiempo que levantaba las caderas.

—¡Joder! No puedo seguir conteniéndome —dijo desesperadamente mientras empezaba a penetrarme lentamente.

«Está siendo cuidadoso. Tiene miedo», pensé.

—No te contengas. Hazlo —insistí dándole un mordisquito en el hombro.

Pareció volverse loco con el gesto y gruñó a medida que embestía hacia delante y se enterraba hasta el fondo.

—¡Ah! —jadeé, atónita por el contorno y la longitud de su miembro.

—¡Dios! —siseó—. Qué apretada estás. ¿Te he hecho daño?

Oí la tensión en su voz y me derritió el corazón. Todo su cuerpo estaba en tensión. Cada músculo hacía fuerza como si estuviera a punto de perder el control. Pero no lo perdió por temor a hacerme daño.

—No —susurré sinceramente. Sí, era grande y mis músculos internos se estiraban para acomodarlo. Nunca había estado con ningún hombre de su tamaño, ni de lejos, pero la incomodidad que pude sentir no fue nada comparada con lo bien que sentaba tener a Mason dentro de mí—. Qué rico sentirte.

Él me apartó el pelo húmedo de la cara y sus bonitos ojos insondables se encontraron con los míos.

—Laura… —musitó con voz ronca antes de cubrir mi boca con la suya.

Yo empuñé un manojo de pelo, toda semblanza de paciencia esfumada. Lo necesitaba. Él me necesitaba a mí. Y cada pizca de tensión sexual que ardía al rojo vivo entre nosotros se derramó cuando le devolví el beso. El abrazo fue feroz y carnal, como si ambos estuviéramos intentando marcarnos mutuamente con la boca. Agarré un manojo de pelo en un puño, desesperada por aliviar la necesidad que me desgarraba.

Cuando él liberó mi boca, ambos jadeábamos y el corazón me latía tan rápido que me sentía como si fuera a estallar por la fuerza de cada latido.

—Toma lo que quieras, como lo quieras —lo animé.

Lo cierto es que quería ver a Mason perder el control por completo. Lo ansiaba.

—Vas a lamentar haber dicho eso —me advirtió poniéndome una mano bajo el trasero para levantarme las caderas—. Terminaré jodiéndote tan duro que no podrás andar durante días.

—Habrá merecido la pena —jadeé mientras él retrocedió hasta casi salir antes de volver a enterrarse. Y otra vez—. ¡Sí! —siseé—. Más.

Al contrario de lo que pudiera pensar Mason, no iba a romperme. No era una Barbie frágil. Alcé la mirada hacia él, la mandíbula cincelada estaba en tensión; sus ojos, turbios de la pasión que se estaba permitiendo desatar. Los mechones húmedos y punzantes. Parecía loco y me resultó tan excitante que gemí. Me abracé a su cintura con las piernas a medida que él empezaba a martillear mi interior, y cada embestida llevaba mi deseo desenfrenado aún más lejos.

—Mason —gemí, incapaz de hacer salir nada más de mi boca.

Él era lo único que importaba en ese momento. Él era lo único que sentía. Me rodeaba. Me abrumaba. Me llevaba a lugares al que ningún otro hombre me había llevado antes. Cambió ligeramente de postura, de manera que lo ancho de su miembro me rozaba el clítoris a cada embestida.

—Vente para mí, cariño. Estás tan apretada, caliente y húmeda que no voy a aguantar mucho más. Esta vez, no.

Él llevaba un ritmo frenético y yo no quería que se contuviera. Pero sabía de sobra que Mason no iba a permitirse llegar al final hasta que lo hiciera yo. Gemí ante la estimulación rápida y furiosa de mi clítoris y me deleité en la manera en que nuestras pieles húmedas se deslizaban la una contra la otra. Estaba cerca. Tan increíblemente cerca…

—Esto lo cambia todo para nosotros, Laura. Ahora eres mía —gruñó, y yo pude sentir aquellas palabras resonando por todo mi ser. Sus palabras posesivas de hombre de las cavernas parecieron precipitarme al clímax.

—¡Ah, Dios! ¡Mason! —exclamé cuando empecé a venirme como nunca lo había hecho. El placer era tan intenso que casi resultaba atroz. Se me clavaron las uñas en los duros músculos de su espalda, necesitada de algo para evitar alejarme de él volando.

Sentía mis músculos internos apretándose sobre su pene, como si no quisieran que él se escapara.

Levanté la cabeza y observé a Mason, con la cabeza inclinada hacia atrás, los músculos del cuello flexionados como si quisiera decir algo, pero no pudiera.

—Laura, eres jodidamente preciosa —gimió a medida que mi orgasmo hacía que él liberase su propio desahogo.

En ese momento, cuando el *crescendo* empezó a disminuir poco a poco hasta convertirse en ondas de lo que fuera aquella pasión, supe que nunca olvidaría el aspecto que tenía Mason cuando dijo mi nombre y me dijo que era la mujer que quería en pleno orgasmo. Era lo más increíble que había experimentado nunca. Ningún hombre se había perdido en mí.

Mason me hizo rodar hasta situarme encima de él cuando giró sobre su espalda y yo terminé tumbada en su cuerpo enorme, nuestras extremidades enredadas mientras ambos intentábamos recobrar el aliento.

Agotada, intenté moverme porque no era un peso ligero.

Él me dio una firme palmada en el trasero.

—Como se te ocurra marcharte, te perseguiré —me advirtió en tono ronco.

—Voy a aplastarte —dije sin aliento—. Peso mucho.

Él me acarició la espalda con una mano, un gesto calmante que consiguió que me relajase un poco.

—Eres perfecta —dijo medio malhumorado—. Quédate donde estás. No tengo energía para perseguirte, pero lo haré. Me gustas exactamente donde estás.

Empecé a reírme como una adolescente al visualizar a un Mason cascarrabias persiguiéndome por la casa desnudo. Ningún hombre había insistido nunca en que yo estuviera encima. No con mi tamaño. Pero Mason parecía disfrutarlo. Suspiré cuando su mano se deslizó más abajo y me acarició el trasero.

—Probablemente estarás dolorida —dijo con pesar.

Yo estiré el brazo para acariciar su pelo rebelde.

—¿Por qué te preocupa tanto hacerme daño?

Él dudó antes de responder finalmente:

—Suelo hacer daño a las mujeres. Tengo la constitución de un defensa de fútbol americano y el pene proporcional al tamaño de mi cuerpo. Demasiado grande para que la mayoría de las mujeres se sientan bien.

—No demasiado grande para mí —lo provoqué—. De verdad, Mason, ha sido increíble. No sé por qué demonios creías que no lo sería.

Él levantó una ceja como si creyera que yo pudiera estar exagerando.

—He tenido dos relaciones en toda mi vida —explicó—. Una justo después del instituto y otra en la universidad. Ninguna de las dos disfrutaba mucho del sexo. Dijeron que dolía.

—Deja que lo adivine. ¿Eran mujeres muy pequeñas?

Él asintió.

—Sí. Ambas me gustaban mucho porque eran inteligentes y simpáticas. Pero, al final, no había química.

—Entonces, ¿cuándo encontraste una que apreciase tus… atributos? —pregunté con curiosidad.

—No la encontré —musitó él.

—¿Qué?

—He dicho que no la encontré —respondió más alto—. Hasta hoy.

—¿Todas las mujeres…?

—No hubo más mujeres —me interrumpió—. No he vuelto a acostarme con una mujer desde que salí de la universidad. Dos golpes fueron bastante para mí. Me mantuve ocupado, demasiado ocupado para otra relación.

Sus ojos se apartaron de los míos y supe que estaba escuchando algo que nadie más sabía, algo que, por algún motivo, le avergonzaba reconocer. La mayoría de los hombres habría tenido rollos de una noche o amistades con derecho a roce para tener sexo. No así Mason.

Solo por haber encontrado a dos mujeres de talla pequeña que no habían disfrutado de un miembro descomunal, había renunciado a los rollos por miedo a hacer sufrir a cualquier otra. Tomé su rostro entre las manos y lo insté a que me mirase.

—¿Por qué yo, después de todos estos años?

Sus ojos se encontraron con los míos mientras respondía:

—Porque tú eres la mujer a la que no me pude resistir. No conseguía sacarte de mi cabeza.

Sentí brotar las lágrimas en mis ojos, pero parpadeé y las contuve. Aquello era un raro momento de vulnerabilidad de Mason y no quería fastidiarlo.

—Yo sentía lo mismo. Tenías que saber que me sentía atraída por ti.

—Eso esperaba, especialmente después de la fiesta de compromiso de Jett. Pero luego todo cambió cuando estabas sobria. Te volviste distante.

Me quedé desconcertada.

—¿Qué pasó en la fiesta?

No fue en la fiesta. Ocurrió cuando te llevé a casa. Pareciste recuperar la consciencia después de haberte desmayado, lo cual significaba que no tenía que llevarte corriendo al hospital para asegurarme de que estabas bien. Pero cuando te ayudé a quitarte el vestido, te empecinaste con llevarme a la cama contigo. Tú, Laura Hastings, intentaste con todas tus malas artes seducirme en la noche de la fiesta de compromiso de Jett.

Capítulo 15

Mason

La noche de la fiesta de compromiso de Jett había sido divina, pero también había sido un puro infierno. Empecé a explicarle a Laura lo que había ocurrido. Cerré los ojos y todavía podía reproducir la escena en mi imaginación. Me preocupaba que Laura estuviera inconsciente. Aunque sabía que estaba como una cuba, me alegré cuando por fin abrió sus lindos ojos y me habló. Hasta que llegó la hora de quitarle el vestido.

Tenía el pene tan duro que habría podido cortar diamantes y ya me sentía como un maldito pervertido por comerme con los ojos cada vertiginosa curva de su cuerpo mientras estaba en su revelador conjunto de ropa interior. ¿Qué tipo no habría echado una ojeada? Sin embargo, no pensaba aprovecharme de su estado de embriaguez. Lo recordaba como si hubiera sido ayer.

—Creo que deberías venirte a la cama conmigo, guapo —dijo ella. Me siento muy atraída por ti. Siempre me he sentido atraída.

Yo la había tumbado en la cama y la había tapado con una manta, pero ella se abrazó a mi cuello.

—Bésame —exigió.

Yo le puse las manos sobre los hombros.

—¿Quién soy? —pregunté, dudando de si sabía siquiera lo que estaba diciendo.

Ella me dio un golpecito juguetón en el brazo.

—Sé quién eres. Eres Mason Lawson. El más macizo de los hermanos Lawson. ¿Sabes que eres el único chico por el que se me han derretido las bragas en toda mi vida?

Yo tragué un nudo en la garganta.

—No.

—Eres tan guapo que quita el hipo, increíblemente inteligente, asquerosamente rico y eres totalmente inalcanzable para mí, pero podríamos tener un lío de una noche, ¿verdad? —Había arrastrado las palabras, pero sus bonitos ojos azules me miraban con tanta franqueza que estuvo a punto de acabar conmigo.

—Esta noche, no —dije con voz grave mientras le daba un beso en la frente—. Si sientes lo mismo cuando estés sobria, dímelo y entonces hablaremos.

Yo me eché hacia atrás, lo cual exigió un esfuerzo hercúleo por mi parte, y esperé hasta que finalmente se quedó dormida. Sentí que Laura se quitaba de encima cuando terminé de contárselo, pero no fue muy lejos. Se acurrucó a mi lado y enterró el rostro en mi pecho mientras gemía:

—¡Ay, Dios! ¡No me digas que hice eso!

—Lo hiciste —respondí con picardía—. No tienes ni idea de lo difícil que fue no meterme en esa cama contigo aquella noche. Pero estabas borracha. Y, cuando estabas sobria, te mostraste distante y nunca volviste a mencionar esa atracción. Y no es como si no te hubiera dado suficientes oportunidades. Te llamaba todos los domingos.

—Solo para ver si estaba embarazada —protestó ella.

—En realidad, creo que estaba esperando para ver si sacabas el tema de aquella noche. Pero no lo hiciste. Supuse que no te interesaba realmente.

Ella levantó la cabeza y me miró. El corazón estuvo a punto de salírseme del pecho.

—Bromeas, ¿verdad? —preguntó—. Podrías haber dicho algo tú mismo.

Yo me encogí de hombros.

—Creía que estabas avergonzada y que no querías hablar de eso. Hasta que hace poco me constaste que no recordabas nada de aquella noche después de que habláramos en el patio.

—Podrías habérmelo dicho entonces —contestó ella con firmeza.

—¿Y qué importaba? ¿Por qué avergonzarte cuando creía que no estabas interesada?

—Siempre me he sentido atraída por ti, Mason. Pero te mostraste muy formal hasta que decidiste persuadirme para ser el padre de mi bebé.

Yo hice una mueca.

—Mala idea.

—¿Quieres decirme por qué lo hiciste realmente? —preguntó ella vacilante—. Me sorprendió que estuvieras dispuesto a proporcionarme tanta información personal.

«No, no quiero contártelo porque estoy teniendo la noche más increíble de mi vida y no quiero estropearla». Sin embargo, no iba a volver a mentir a Laura, ni siquiera a exagerar un poco la verdad.

—Sinceramente, no soportaba la idea de que te quedaras embarazada a menos que el tipo que te dejara preñada fuera yo. Así de loco me vuelves a veces.

—Ah —dijo ella simplemente; sonaba sorprendida.

Yo giré sobre el costado y apoyé la cabeza en la mano. Sé que llevé mal las cosas esta noche, pero es como si no pudiera controlarme cuando se trata de que estés a salvo. Puede que parte de ese miedo venga del hecho de que perdí a mis padres en un abrir y cerrar de ojos. Sé lo frágil que puede ser la vida. Me siento posesivo y protector contigo y creo que ahora que te he reivindicado como mía, va a ser aún peor. Ni siquiera voy a fingir que va a ser fácil tener una relación conmigo, pero tiene que ser todo o nada con nosotros, Laura. ¿Qué va a ser?

¡Maldita sea! Lo último que pretendía era asustarla y que se alejase, pero sabía que tenía que advertirle que esos instintos nunca dejarían de estar a flor de piel conmigo. No con ella. Nunca.

A ella se le abrieron los ojos como platos.

—¿Tenemos una… relación?

—Eso espero —gruñí—. Y no pienso compartir con otros. No puedo.

Por extraño que parezca, no pareció ni remotamente atemorizada. De hecho, sonrió y el corazón empezó a latirme desbocado cuando sus labios no dejaban de curvarse hacia arriba. Me rodeó el cuello con una mano y me acarició el pelo de la nuca con un dedo mientras decía:

—Bien —con voz seductora—. Porque yo tampoco voy a compartir. Va a ser todo para mí, Mason. Contigo, tiene que serlo. Monógamos hasta que uno de nosotros se sienta diferente. ¿Trato?

Bajé la cabeza hacia la suya, aliviado.

—Trato. Si empiezo a portarme como un imbécil, dímelo.

—Sabes que lo haré —dijo ella con una carcajada—. La próxima vez, por favor, explícate antes de dar órdenes. Podemos hablar. No voy a prometer que haré lo que digas, pero al menos puede que entienda a qué te refieres. Yo perdí a mis padres de la misma manera y entiendo lo aterrador que puede resultar pensar en perder a alguien que te importa.

Eché la cabeza hacia atrás para mirarla a los ojos. Estuve a punto de hundirme en las profundidades de sus preciosos ojos azules.

—Eres una mujer hermosa, Laura, y odio la idea de que estés sola y vulnerable. Y ahora va a saberse que eres importante para mí. No quiero que te pase nada. Incluso Carter manda un equipo de seguridad con Brynn cuando ella viaja y no puede acompañarla durante todo el viaje. Y Jett también tiene un equipo detrás de Ruby.

Vi su cerebro trabajando detrás de sus ojos inteligentes. Solo podía esperar que atendiera a razones. Si no, terminaríamos discutiendo antes de que la relación empezara realmente. Sabía que quería darle a Laura cualquier cosa que ella deseara, pero yo era un tipo rico y poderoso y me había creado enemigos. Probablemente, muchos más que Jett y Carter ya que yo lidiaba más con la parte despiadada del negocio de nuestra empresa. Jett era el genio de las tecnologías. Carter era el genio del *marketing*. ¿Y yo? Yo era el músculo empresarial. Tenía más enemigos que Jett y Carter juntos.

—De acuerdo, utilizaré tu avión —dijo en tono contemplativo—. Y me llevaré tu coche a los hoteles y desde allí. Pero nada de guardaespaldas. Mason, conozco bien San Diego. He hecho muchas sesiones allí a lo largo de los años y tengo un par de reuniones de negocios. Tengo que comportarme como una empresaria y eso no incluye llevar a los guardaespaldas de mi chico pegados al trasero.

Preferiría ser yo quien estuviera pegado al delicioso trasero de Laura, pero yo también tenía unas cuantas reuniones durante su viaje a las que no podía faltar. La miré a la cara. Ella parecía haber cedido hasta donde estaba dispuesta para llegar a un acuerdo.

—Trato. Pero llámame para saber que estás bien —farfullé.

—Todos los días —prometió ella—. Yo también querría saber si estás bien si estuvieras fuera del estado o del país. Es razonable. Pero tengo otra petición.

Demonios, no me sentía nada razonable. Pero me alegraba que ella pensara que lo era.

—¿Qué? —«Como si hubiera algo que no haría por ella», pensé. Lo que quisiera, podía considerarlo hecho.

—No me trates como si fuera frágil, Mason. Soy más fuerte de lo que crees. Y te deseo tanto como tú a mí. Nunca lo he hecho, pero creo que me gustaría probar el sexo sucio que te apetezca probar. —Hizo una pausa antes de proseguir—. Sienta muy bien saber que me deseas tanto.

«Lo único que quiero es un hombre que se sienta atraído por mí», recordé sus palabras. Había dicho algo así cuando le pregunté que deseaba en un hombre. ¿Qué demonios les pasaba a los hombres con los que había salido anteriormente? Con su bonito cabello rubio y enternecedores ojos azules, parecía un puñetero ángel con curvas endiabladas.

Era suave donde yo era duro y se sentía como un sueño húmedo con la piel aterciopelada pegada piel con piel conmigo, y esas curvas se moldeaban contra mí a la perfección incluso cuando estábamos vestidos. Y, entonces, desearía tenerla desnuda.

—Tienes que saber que eres hermosa, Laura. Has tenido una carrera muy larga como supermodelo. Eso no habría sido así si la gente no se diera la vuelta para mirarte de lo guapa que eres, independientemente de la talla que uses. Te garantizo que hay más hombres que yo que desearían tenerte desnuda. Muchos más. —Por desgracia, solo pensar en esos hombres me hacía perder los estribos.

—El único que me importa eres tú —musitó apoyando la mano en mi mandíbula áspera por la barba incipiente.

—Esto… tú… es una de las mejores cosas que me ha pasado en la vida —le dije sinceramente—. No quiero fastidiarlo. Pero intentaré recordar que prefieres a un tipo con el pene grande.

Ella resopló.

—No lo olvides, señorito —bromeó—. Entonces ¿qué hacemos mañana?

Le sonreí.

—Es domingo. Tenemos nuestra cita habitual de las seis, pero preferiría que te quedes hasta mañana.

Quería las siguientes veinticuatro horas ininterrumpidas con aquella mujer más que el aire que respiraba.

Ella asintió.

—Quiero quedarme. Aparte de lo de esta noche, me lo he pasado fenomenal esta semana contigo. ¿Echas en falta el despacho?

Por extraño que parezca, podía decir que hubiera extrañado estar en Lawson. Tal vez me hubiera resultado extraño al principio, pero confiaba en Carter. Y estaba seguro de que mi ausencia no había hecho que la empresa se desmoronase.

—En realidad, no. Tenía una distracción muy atractiva —respondí sinceramente—. Y no voy a seguir trabajando cada momento del día, Laura. Quiero que me quede un poco de tiempo y energía para ti. Probablemente seguiré trabajando más duro que cualquiera de los dos vagos de mis socios —bromeé—. Pero tienen razón, todos necesitamos tiempo para respirar.

—Entonces, ¿dónde respiramos mañana? —preguntó ella con una sonrisa que me puso el pene más duro que una roca.

Me dejé caer de espaldas y atraje su cuerpo delicioso sobre el mío. Quería que me montara hasta que ambos terminásemos agotados y exhaustos.

—¿De verdad crees que alguna vez saldremos de esta casa? —dije con voz ronca y excitada.

Demonios, sin importar lo que dijera, yo iba a tener que llevar el miembro en los pantalones de vez en cuando durante las siguientes veinticuatro horas. Tenía un sexo muy apretado y yo sabía que no había estado con nadie desde… ¿James? ¿Jason? ¿Justin? Se llamara como se llamase, ese estúpido imbécil que no sabía la suerte que tenía. Tal vez le hubiera prometido darle todo lo que tenía, pero podríamos llegar a eso lentamente.

Ella se deslizó para quitarse de encima de mí.

—Creo que necesitamos otra ducha ahora. Es mi turno de… lavarte la espalda.

Tragué saliva al ver su sonrisa sensual. «Santo Dios. No creerá que va a…». Tuve que contener un gemido cuando me asaltaron la mente imágenes de Laura desnuda, mojada, de rodillas, con mi pene en la boca.

—No —le dije con firmeza mientras me levantaba y luego la levantaba de la cama de un tirón—. Te atragantarás. No sería agradable.

—Por el contrario —dijo ella con voz sedosa—. Creo que lo encontrarás muy agradable.

Probablemente empezaría a venirme en cuanto sintiera su boca húmeda y cálida en mi miembro, ya que nunca me habían hecho una mamada. A ninguna mujer le había importado nunca lo suficiente como para intentar abarcar mi envergadura.

—Esa no es la cuestión —dije, intentando mantener la firmeza en mi voz.

Ella tomó mi mano.

—Esa es exactamente la cuestión. Yo también quiero darte placer a ti, Mason.

«¡Joder!». ¿Cómo podía explicarle que me daba placer simplemente estando cerca de mí y respirando?

Ella tiró de mi mano y la seguí porque, simplemente, no podía no seguir a Laura.

—No te preocupes —murmuró mientras abría el grifo del agua—. Soy una chica lista. Creo que puedo averiguar qué hacer para que se sienta rico.

Lo hizo. De hecho, me maravilló completamente

Capítulo 16

Laura

—Ay, Dios —dijo Brynn cuando quedamos para tomar un café el siguiente martes por la tarde. —¿De verdad intentaste seducir a Mason cuando te llevó a casa desde la fiesta de compromiso de Jett?

Yo sonreí.

—Sí. Por lo visto, sí. No me acuerdo, pero estoy segura de que Mason no se lo está inventando.

Aunque no pensaba compartir todos mis momentos íntimos con Mason, al igual que Brynn no compartía todos los suyos con Carter, había cosas que le contaría a ella que no compartiría con nadie más. Como el momento en que me morí de vergüenza cuando Mason me contó que había intentado llevármelo a la cama en mi estado de embriaguez.

Y, decididamente, nunca se me ocurriría mencionar ni en un susurro cómo me había sentido cuando Mason por fin se relajó y llegó al orgasmo con mis labios rodeando su enorme verga. Estaba húmedo, caliente y fuera de control, con todos los músculos de su cuerpo tensos mientras gemía mi nombre una voz gutural que me sacudió hasta lo más hondo. Solo más tarde reconoció que era su primera mamada, lo cual me pareció tan desgarrador como excitante.

Brynn resopló por la nariz.

—Ay, Laura. Eso no tiene precio. Bueno, al menos ahora sabes qué pasó aquella noche.

—Y, si era Mason, sé que no se aprovechó de la situación —dije con una sonrisa de suficiencia mientras daba un sorbo de café—. Tal vez sea dominante, pero ese hombre tiene conciencia.

—Entonces, ¿cómo ha sido vuestra semana juntos? —preguntó Brynn con curiosidad.

Mi mejor amiga había pasado la mayor parte de la semana fuera haciendo una sesión, así que estábamos intentando ponernos al día en todo.

Yo suspiré.

—Ha sido fantástica. Lo arrastré a ver un montón de cosas turísticas y, aunque protestaba, se lo pasó bien.

—Creo que tú también te divertiste —comentó Brynn.

—Sí.

—Deja que lo adivine —dijo ella—. Estás loca por él.

—¿Es tan evidente? —pregunté.

—Para mí, sí. Te conozco desde hace mucho tiempo, Laura. Estás radiante. Y no tiene nada que ver con tu maquillaje.

—Es muy diferente cuando vas más allá de esa fachada arrogante suya. Hemos decidido darle una oportunidad a una relación monógama. Nada de salir con otras personas. Como si yo pudiera salir con otro. Mason es la fantasía, mandón o no.

Brynn me lanzó una sonrisa auténtica.

—Por una vez, apruebo a tu novio.

—A veces cuesta creer que de verdad quiera estar únicamente conmigo —confesé—. Joder, es el puñetero Mason Lawson. Probablemente no haya una soltera en el mundo que no haría prácticamente cualquier cosa para estar con él. Está bueno, es brillante, es joven y es un multimillonario a la cabeza de una de las empresas de tecnología más grandes del mundo.

—Y tú tienes un cuerpazo, eres brillante y tienes talento. Eres joven y eres rica. Sois la pareja perfecta. Pero no creo que te importe todo eso, ¿verdad? —inquirió Brynn.

Yo sacudí la cabeza.

—No. Me gusta porque me hace sentir guapa, *sexy* y especial. No podían importarme menos su dinero ni su poder. Me importa la clase de hombre que es.

—Creo que, cuando un Lawson encuentra a la mujer que lo vuelve loco, está acabado. Carter también me hace sentir así. Podría haber cientos de mujeres preciosas en la sala, pero pasa de todas hasta que me encuentra a mí. Es como si no existiera ninguna otra mujer excepto yo.

—Exactamente —dije asintiendo con la cabeza—. A veces asusta un poco.

Brynn se echó a reír.

—Te acostumbrarás y te encantará.

—Creo que ya me encanta —confesé—. Quiero decir, ¿qué mujer no quiere sentirse como si fuera la única que ve su chico?

—Ninguna —coincidió ella—. Excepto que no es fácil encontrar un hombre así. Espera hasta que empiece a tener un montón de gestos dulces para que sepas que está pensando en ti, incluso cuando no estéis juntos.

—Ya lo ha hecho. Me mandó flores ayer mientras yo trabajaba desde casa y la tarjeta decía: «Hola, preciosa». Dos palabras y dos docenas de rosas y estuve embobada todo el día. Pero ¿nunca da miedo? Es decir, si un hombre se convierte en todo tu mundo así, la caída puede ser muy dura si no funciona.

Brynn se echó a reír.

—No, funcionará. Los hombres Lawson no abandonan. Si os peleáis, encontrará la manera de arreglarlo. Son tenaces en ese sentido.

—Son muy intensos —comenté.

—Eso también —contestó Brynn. —Pero Mason nunca dejará lugar a dudas en cuanto a si le importas o no, y no creo que quiera que cambies nunca.

Pensé en todos los demás hombres de mi vida mientras le decía:

—No quiere. No creo que quisiera, nunca. Me acepta exactamente como soy. Se le da bien hacerme sentir como la mujer más *sexy* de la tierra.

—Perfecto —dijo Brynn mirándome sonriente—. Exactamente la clase de chico que necesitas.

Yo vacilé un instante antes de preguntar:

—¿No te vuelve loca que Carter quiera que lleves guardaespaldas?

—No. Ya no —dijo ella pensativa—. Al principio, detestaba renunciar a mi libertad para deambular por donde quisiera. Nos peleamos al respecto. Tardé un tiempo en darme cuenta de que tendría que ser una concesión por mi parte. Yo no querría estar aterrorizada todo el tiempo pensando que algo pudiera pasarle a Carter por mi culpa, así que entiendo por qué quiere asegurarse de que estoy bien. En realidad, es una pequeña concesión para que esté tranquilo. No se vuelve loco con la seguridad. Solo le resulta difícil cuando estoy de viaje. He aprendido a ignorar a los guardaespaldas cuando viajo por trabajo.

Yo solté un largo suspiro.

—Yo solo voy a llevarme el avión y el transporte de Mason a San Diego. Conozco la ciudad muy bien.

—¿Y Mason está de acuerdo con eso?

Yo sonreí.

—No le quedaba alternativa. Fue nuestro acuerdo. Además, es mi último encargo. He decidido que ya estoy lista para salir del mundillo.

—¿De verdad?

Yo asentí.

—He tenido una carrera larga y estoy lista para desprenderme de ella y pasar página. Me gustaría tomarme un trozo de tarta de vez en cuando sin aterrarme porque me valga la ropa que tengo que modelar. Me he pasado los últimos diecisiete años o así intentando ser la mujer que quería la industria de la moda. Creo que ahora estoy lista para ser yo misma.

—Eso es fantástico, y gracioso. Acabo de hacer mi último encargo prácticamente por el mismo motivo —me confió—. Me encanta diseñar mis bolsos y la demanda sigue aumentando. Quiero centrarme totalmente en el negocio.

Le sonreí.

—Yo también.

—Entonces, ¿qué vas a hacer al respecto de la clínica de fertilidad ahora que estás saliendo con Mason? —preguntó Brynn.

—Tengo que contarte algo —dije en tono más serio—. Renuncié a la idea de la inseminación artificial hace tiempo. Simplemente no me parecía lo correcto para mí.

Seguí explicándole a Brynn todo lo que le había contado a Mason hasta que me desahogué completamente sobre el tema.

—¿Por qué no me lo contaste? —preguntó en voz baja cuando terminé de explicárselo—. Lo habría comprendido. Me parece fantástico que quieras adoptar del sistema de acogida.

—Supongo que me sentía un poco tonta y egoísta. Eso por no mencionar el hecho de que aún no se lo había contado a Mason, que me llamaba por el tema todas las semanas.

Ella me lanzó una mirada cómplice.

—No querías que dejara de llamarte —adivinó.

—Por patético que pueda sonar, no quería —reconocí con remordimiento—. Me gustaba, Brynn. Simplemente no quería admitirlo. Ni a mí misma ni a nadie más.

—Pero ahora lo sabes. Y cuando tú y Mason os caséis…

Yo levanté la mano.

—Eh, chica. Que acabamos de empezar a salir formalmente. No se ha hablado nada de matrimonio. En absoluto.

Brynn frunció el ceño.

—Solo iba a decir que podrías terminar teniendo un hijo propio también.

—Bueno, vamos a ver qué pasa, ¿vale? Joder, ni siquiera estoy acostumbrada a que seamos pareja. Me parece bien adoptar. Sinceramente, quiero hacerlo. Pero ahora que no estoy preocupada por el reloj biológico resonando más fuerte cada día, puedo esperar.

Ya le había dicho a Mason que aún tenía un DIU efectivo, así que un embarazo no sería un problema. Nos habíamos enfrascado tanto el uno en el otro el pasado sábado noche y el domingo que ni siquiera me lo había preguntado hasta que nos despedimos el domingo por la noche.

—Independientemente de lo que decidas, serás una madre increíble, Laura —dijo Brynn con dulzura—. No creo que tu razonamiento fuera tan egoísta. Pero, como tu amiga, siempre he querido verte conseguir todo el paquete. Un hombre que te quiera e hijos que podáis criar juntos, tanto si son biológicos como si no.

Sentí que se me encogía el corazón en el pecho. Probablemente, Brynn nunca sabría cuánto significaban para mí su amistad y su apoyo.

—Gracias —dije sinceramente.

—Nunca habría sobrevivido a mi carrera de modelo sin ti —dijo Brynn con voz llorosa—. Parece correcto que nos retiremos por completo juntas. Creo que ambas estamos preparadas para pasar página y empezar un nuevo capítulo en nuestras vidas, sin las restricciones del modelaje pendiendo sobre nuestras cabezas.

—Yo también lo creo —le dije, sintiéndome un poco emocionada también.

Brynn y yo lo habíamos pasado todo juntas y, probablemente, nos habíamos salvado la vida mutuamente al hacer nuestro pacto de cambiar las cosas y empezar a preocuparnos por nuestra salud.

—Bueno, ¿qué te parece un trozo de tarta con el café? —preguntó Brynn en tono travieso.

Mi reacción inmediata estaba grabada a fuego y estuve a punto de negarme por la costumbre. No había estado pasando hambre, pero llevaba años haciendo una dieta estricta con muy pocas excepciones. Ya era hora de empezar a decir *sí* de vez en cuando.

—Yo tomaré el pastel de manzana con caramelo —dije con una sonrisa. Había visto a un cliente con un trozo cuando entré al restaurante y se me estaba haciendo la boca agua antes de ver a Brynn en nuestra mesa.

—¿Dónde está la puñetera carta? —preguntó Brynn justo antes de agarrarla del extremo de la mesa y empezar a hojear los postres con entusiasmo.

Sí, sin duda, ya era hora de que Brynn y yo nos relajásemos acerca de contar todas las calorías y empezáramos a vivir la vida

Capítulo 17

Laura

El domingo siguiente, a las seis en punto de la tarde, sonreí mientras rebuscaba en mi bolso para coger el teléfono que sonaba. No me detuve. Era un bonito día para salir por Seattle, pero bajé el ritmo para poder charlar.

—¿Sabes? Puedes dejar de llamarme todos los domingos a la misma hora, ahora que nos vemos todos los días —dije con una carcajada después de responder.

—Puede que solo llamara para decirte obscenidades —respondió con picardía.

Yo puse los ojos en blanco. Como si no lo hiciera ya todos los días. Aunque supongo que yo siempre estaba abierta a más.

—Antes de que empieces con eso, tenemos que hablar de esa costumbre de mandarme todas las cosas que miro o que menciono cuando estamos juntos —lo amonesté—. Voy a quedarme sin sitio en el apartamento para guardar todos tus regalos.

Cada día era algo diferente. Hoy había recibido tres paquetes. Le había mencionado a Mason que tenía que ir a mirar una nevera nueva. Aquella mañana habían entregado una nevera de alta gama.

También cometí el error de echar un largo vistazo a un bonito par de pendientes de plata en un escaparate mientras estaba con Mason. Esos llegaron a mediodía. Como, evidentemente, todavía no había aprendido la lección, me quejé de un problemilla con mi ordenador. El nuevo llegó a mi puerta a las cuatro de la tarde. Hubo muchas cosas de ese estilo casi todos los días de aquella semana.

Sinceramente, eso tenía que acabarse. Casi se me saltaban las lágrimas ante el hecho de que Mason escuchara atentamente todo lo que decía y quisiera hacerme la vida más fácil, pero ya me complacía de muchas otras maneras. No necesitaba todos esos regalos.

—Ni que fuera tan difícil encargar esas cosas —refunfuñó Mason—. Quiero que tengas lo que necesitas.

Yo solté un bufido.

—Tengo todo lo que necesito. Los pendientes eran un capricho que no tenía que darme. Si me comprara cada par de pendiente que miro, llenaría un joyero enorme.

—Te mandaré uno mañana —respondió él.

—¡No! Dios, no —le dije con firmeza, pero sonriendo aún más. Me conmovieron sus deseos de hacer cualquier cosa para hacerme feliz—. Mason, lo único que necesito eres tú. Tengo bastante dinero. Puedo comprarme todo lo que quiero o necesito, excepto a ti.

Dios, estaba loca por aquel hombre que estaba tan dispuesto a darme cualquier cosa que quisiera antes de saber que la quería. Mason tenía un gran corazón que muy pocas personas llegaban a ver, y yo lo adoraba por ello. Sin embargo, tenía que entender que yo no quería todas esas cosas. Solo tenerlo a él era más que suficiente.

—Me gusta cuidarte —musitó.

—Y a mí me gusta que quieras hacerlo, pero no es necesario. De verdad. Pero gracias. Los pendientes son preciosos.

—¿Los llevas puestos?

—Sí. —Me detuve en seco después de subir unas cuantas escaleras corriendo—. ¿Quieres verlos?

—Ya lo creo —gruñó mientras abría la puerta delantera de su casa y aparecía frente a mí.

Colgué la llamada y dejé caer el teléfono en el bolso.

—Feliz cumpleaños —dije con una sonrisa de oreja a oreja que no parecía capaz de borrarme de la cara cuando él andaba cerca. Tuve que preguntarme si llegaría el día en que mi corazón no bailara contento cada vez que veía su apuesto rostro. Probablemente, no.

Iba ataviado con unos pantalones y una camiseta gris que parecía abrazar amorosamente los enormes músculos de sus bíceps y torso. Pero lo que realmente hizo que el corazón me latiera desbocado fue la enorme sonrisa de felicidad en su cara cuando se guardó el teléfono en el bolsillo de los pantalones antes de estirar el brazo y tomar todas las bolsas que llevaba en los brazos. Iba a hacerle la cena y había comprado una tarta en una pastelería al final de la calle.

Hoy había usado Uber, ya que sabía que Mason quería llevarme al aeropuerto por la mañana.

—¿Has caminado? —preguntó dejando las mesas que me había cogido en la encimera de la cocina.

—Solo desde la pastelería. Está al final de la calle. Ahora que voy a hacer mi último encargo de modelo y pienso disfrutar de la vida con un poco de chocolate, necesito hacer más ejercicio cada vez que pueda. Y hace un día precioso fuera.

—Te he echado de menos —me susurró con voz grave que siempre hacía que se me erizara la piel. Me rodeó con sus brazos y yo me abracé a su cuello mientras él me daba un beso arrebatador que me dejó sin aliento.

Cuando por fin levantó la cabeza, le recordé algo:

—Te vi anoche.

Tenía que terminar algo de trabajo en casa aquella mañana porque me iba a San Diego al día siguiente temprano, así que había vuelto a mi casa la noche anterior.

Él me besó la frente.

—Puedo ayudarte con eso del ejercicio.

Con los músculos de los muslos aún ardiendo por la víspera, me eché a reír.

—Ya lo has hecho. Y es tu cumpleaños, así que voy a preparar una cena. No empieces a distraerme. —Lo empujé provocadoramente para poder empezar a desempaquetar los ingredientes para prepararle una lasaña, uno de sus favoritos.

Mason era un amante insaciable, pero no iba a quejarme. El hombre me hacía sentirme como una diosa porque no podía dejar de tocarme y yo dudaba que pudiera cansarme de él. Solo un beso y su aroma masculino y seductor bastaba para que quisiera tener sexo con él ahí mismo, en la cocina. Sabía que no podía seguir tocándolo o su cena de cumpleaños no empezaría hasta medianoche.

Mason se apoyó contra una encimera y me observó.

—Me gustaría que me hubieras llamado. Podría haberte acompañado hasta aquí.

—Mason, es un paseo corto. Y es de día. No iba a hacer que vinieras a recogerme para una caminata de cinco minutos.

—Habría ido —protestó.

Me volví hacia él y apoyé la palma de la mano en su mandíbula áspera.

—Sé que lo habrías hecho —dije con un suspiro—. Pero he sido una mujer independiente durante toda mi vida. La idea de llamarte para que me acompañes durante cinco minutos ni siquiera se me ocurriría. Tienes que entender que estoy acostumbrada a estar sola.

Tenía una relación de amor-odio con su naturaleza protectora. Me encantaba importarle tanto como para que no quisiera que me sucediera nada. Pero detestaba el hecho de que pensara que debía estar protegida a cada minuto del día.

Él tomó mi mano y me besó la palma.

—Y yo necesito que entiendas que ya no estás sola; no puedo soportar la idea de que te ocurra nada —respondió, los ojos ensombreciéndose ligeramente ante la idea de que alguien pudiera tocarme un pelo.

Mason era intenso con respecto a mantenerme segura y feliz, y yo no quería cambiar la manera en que se preocupaba por mí. Me encantaba. Pero quería seguir recordándole que tenía casi treinta y cinco años y que me las había apañado para cuidar de mí misma durante todo ese tiempo sin muchos incidentes.

—No va a pasarme nada —lo tranquilicé mientras acariciaba su barba incipiente con la mano.

—Más vale que no, o seré un maldito inútil —respondió con voz ronca—. Te necesito, Laura.

Aparté la mano y besé sus labios con ternura antes de decirle:

—Yo también te necesito, Mason.

Aquel voto no era nada más que la verdad. En un periodo de tiempo muy breve había llegado a apoyarme en el afecto de Mason y no quería imaginar mi vida sin este. Él era lo mejor de cada día para mí. Para una mujer que nunca había tenido esa clase de devoción y afecto, era como un bálsamo para el alma. Eso por no decir que era de gran ayuda para mis inseguridades.

Poco a poco, Mason estaba derribando esa imagen corporal negativa que siempre había tenido. Sin importar cuánto hubiera intentado librarme de ella por completo, siempre había estado ahí. Ahora, él había conseguido que amase mi cuerpo porque encajaba perfectamente con el suyo, y el placer que habíamos encontrado el uno con el otro no era nada menos que increíble.

Mason me hacía sentir guapa y *sexy*. Para él, era irresistible. Y como estaba loca por él, su opinión era la única que importaba realmente.

—Laura —dijo con voz gutural mientras me miraba como si quisiera decir algo.

En lugar de eso, deslizó una mano sobre mi nuca y me besó. Estaba perdida en el momento en que esa boca fuerte y exigente cubrió la mía. Me aferré a él mientras invadía mis sentidos, dejándome sumergirse en la química ardiente que siempre fluía entre nosotros dos. Ensarté una mano en su cabello, necesitada de acercarme a él tanto como pudiera. Pero no era suficiente. Quería encaramarme hasta su interior y no volver a salir nunca.

Ambos jadeábamos cuando él levantó la cabeza y empezó a devorar cada centímetro de piel desnuda que encontró. Como yo llevaba un vestido de tirantes, no fue muy difícil encontrar un montón de sitios donde poner esa boca cálida y abrasadora suya. Solté un gemido largo de deseo cuando sus manos se posaron sobre mi trasero y él me atrajo con fuerza contra su entrepierna mientras rozaba las caderas contra las mías.

—Eso es lo que me haces, cariño —gruñó—.Solo puedo pensar en penetrarte.

—Mason —jadeé mientras le tiraba del pelo—. Por favor.

—Por favor, ¿qué? —exigió saber.

—Jódeme—insistí.

Me levantó y me sentó en la encimera de la cocina. En el instante en que tuvo las manos libres, estas ya me arrancaban el vestido y me lo quitaban por encima de la cabeza. Solté un suspiro de satisfacción cuando sus manos ahuecaron mis pechos y su boca cubrió uno de mis pezones duros. Ensarté las manos en su pelo en señal de ánimo. Él lamió, succionó y mordisqueó, pasando de un pecho al otro, hasta que yo estuve a punto de volverme loca de lujuria.

—¿Qué demonios voy a hacer sin ti durante una semana? —gruñó cuando su mano se deslizaba por mi cuerpo hasta introducirse en mis bragas.

Olas de placer atravesaron todo mi cuerpo cuando él deslizó los dedos en mi sexo escurridizo.

—¿Pensar en esto? —sugerí—. Házmelo, Mason.

—Ya lo creo que voy a pensar en esto —dijo con voz ronca mientras se enderezaba y me bajaba la ropa interior por el trasero y las piernas hasta dejarla caer al suelo. Forcejeó momentáneamente con los botones de sus pantalones mientras añadía—: Todas las noches. Lo único en lo que pienso eres tú. En esto. En nosotros.

Yo jadeé cuando se metió en casa, aunque ya estaba preparada.

—¿Te he hecho daño? —preguntó con el cuerpo tenso de repente.

Rodeé su cintura con las piernas.

—No. Ni se te ocurra ir a ninguna parte —dije en tono amenazante.

Cuando un hombre como Mason se enterraba hasta las pelotas en mi interior, era imposible no reaccionar. No porque doliera, sino porque dolía de puro gusto. Mi cuerpo siempre necesitaba un instante para acomodar al suyo debido a su tamaño, pero, después, era puro placer. Me rocé contra él. Finalmente, Mason reaccionó y empezó a embestir. Una y otra vez. Me llevaba cada vez más alto. Me besó, su lengua trabajaba al mismo ritmo que su miembro y sentí el clímax acercándose tan rápido que casi daba miedo.

—Qué rica estás, nena —dijo en tono seductor cuando sus labios abandonaron los míos.

Yo incliné la cabeza hacia atrás hasta dar con el armario y, cuando Mason devoró la piel sensible de mi cuello, lo gocé. Había algo increíblemente ardiente en el hecho de estar totalmente desnuda mientras que Mason seguía vestido. Sus manos acariciaron la piel desnuda de mi espalda, pero lo único que yo sentía era el *denim* rugoso y el algodón. Quería tocarlo, pero no podía llegar hasta su piel, así que me concentré totalmente en el lugar donde nuestros cuerpos se encontraban íntimamente. Estaba medio enardecida cuando el orgasmo empezó a invadirme.

—Sí. Ah, Dios. ¡Sí! —grité—. Mason…

Rodeé su verga y un momento después, él alcanzó su propio desahogo.

—Laura —dijo con un gemido gutural, torturado.

En ese momento, solo existíamos nosotros dos, atrapados en una pasión tan intensa que yo perdí el sentido. Dejé caer la cabeza sobre su hombro cuando él permaneció alojado en mi interior, sus brazos rodeándome el cuerpo con fuerza.

—Uno de estos días vas a matarme —farfulló contra mi cuello.

Yo sonreí contra su piel porque no parecía temeroso en lo más mínimo de morir de un atracón de orgasmos. Cuando recobré el aliento, musité:

—Creo que la cena será un poco tarde.

—No me importa —respondió a la vez que me alzaba en volandas y yo me deslizaba por su cuerpo hasta apoyar los pies en el suelo—. Tú eres el mejor regalo de cumpleaños de toda mi vida.

Le sonreí de oreja a oreja mientras él recogía mi ropa interior con cuidado y me ayudaba a ponérmela para después tomar mi vestido y echármelo por encima de la cabeza.

Teniendo en cuenta el apetito de Mason y el hecho de que yo iba a preparar su plato preferido, aquel fue, probablemente, uno de los mejores cumplidos que había recibido nunca.

Capítulo 18

Laura

—¿Qué quiere saber acerca de Perfect Harmony, Sr. Montgomery? —inquirí con cortesía mientras daba un sorbo de una copa de vino blanco.

Habíamos concertado nuestra reunión durante la hora de la comida en San Diego, en un buen restaurante italiano cercano al centro.

Hudson Montgomery era encantador y más guapo en persona que en fotografía. Pero la elección de comida italiana solo consiguió recordarme a Mason y cuánto lo extrañaba. Especialmente cuando Hudson pidió la lasaña.

«Dios, soy patética». Me recordé a mí misma que solo faltaban dos días más para ver a Mason de nuevo e intenté centrar mi atención en el chico que me había pedido aquella reunión.

Hudson Montgomery era tan atractivo que cortaba el aliento, pero a mí no me causaba ningún efecto. Lógicamente, entendía cómo algunas mujeres podrían quedarse extasiadas al verlo. Los mechones oscuros eran cortos y tenía un aspecto impecable con traje oscuro y corbata. Su estructura ósea facial era pura perfección y probablemente habría tenido una carrera increíble en el mundo de la moda si no fuera un empresario multimillonario. Era alto y musculoso, pero no tan imponente como Mason. Desde el punto de vista estético, era prácticamente perfecto y un regalo para la vista, supuse. Pero solo había un hombre que me hacía reaccionar y estaba a unos dos mil kilómetros de allí. Esperé y observé mientras Hudson se bebía de un trago la mitad de su vaso de *whisky* antes de hablar.

—Tengo una confesión que hacer, Sra. Hastings —dijo con soltura.

—Por favor, llámame Laura —insistí.

Él asintió marcadamente.

—Y a mí me gustaría que me llamaras Hudson.

—Y bien, ¿cuál es tu confesión, Hudson? —pregunté con curiosidad.

Sus ojos permanecieron centrados en mi rostro cuando respondió:

—No te he pedido que vinieras para hablar de tu empresa, aunque estoy increíblemente impresionado por lo que has hecho con ella hasta ahora.

—¿Por qué no me sorprende demasiado? —dije secamente—. Me pareció un poco extraño que un empresario de tu calibre preguntase por mi negocio. Todavía es una compañía novata.

«Entonces, ¿qué demonios quiere?».

Mientras examinaba al apuesto hombre alto, misterioso y guapísimo sentado frente a mí, no lograba entender por qué me ponía un poco nerviosa. Había sido perfectamente cortés desde el momento en que nos sentamos y pedimos la comida y nuestras bebidas. Pero cuando nos sostuvimos la mirada durante un momento, de pronto me percaté de que tenía los ojos grises, al igual que Mason.

«Son sus ojos». Me resultaban familiares, la forma y el color eran muy similares a los de Mason.

—De hecho —empezó a explicarme—, estoy al corriente de que Mason Lawson ha invertido una cantidad significativa de dinero en tu empresa, así que sentía curiosidad sobre si os conocéis bien.

Odiaba no poder leer el rostro de Hudson ni interpretar lo que estaba pensando con solo mirarlo a los ojos como podía hacer con Mason. No tenía ni idea de adónde iba aquello. Su expresión era pétrea y era imposible encontrar ninguna clase de emoción en su mirada.

—No se me ocurre ningún motivo por el que eso pudiera ser asunto suyo, Sr. Montgomery. —De acuerdo, me ponía a la defensiva cuando alguien intentaba sonsacarme información sobre Mason. Especialmente empresarios multimillonarios que bien podrían tener intenciones perversas.

—¿Os conocéis bien? —insistió.

Yo fruncí el ceño.

—Lo bastante bien como para no darle ninguna información que no sea de conocimiento público —dije bruscamente mientras empezaba a levantarme—. Creo que esta reunión se ha terminado.

Me resultó evidente que estaba utilizándome para conseguir información sobre Mason y eso no iba a suceder.

—Espera —dijo con urgencia—. No te vayas. No estoy intentando conseguir trapos sucios de los negocios de Mason. Te lo prometo. Yo no funciono así.

Vacilé.

—O bien dejas de jugar a jueguecitos y me dices lo que quieres o me voy.

—Por favor, siéntate —dijo educadamente.

—Primero, habla —exigí

Él sonrió de oreja a oreja.

—No me sorprende que Mason te mirase como si estuviera loco por ti en esas fotos de la boda de Jett Lawson que vi en las columnas de cotilleos. Cálmate, Laura. No soy la competencia de Lawson Technologies. Mason Lawson es mi primo.

Me sorprendí tanto que me senté.

—¿Qué? ¿Cómo?

—No pensaba revelar esa información, pero no quería que salieras por la puerta sin antes pedirte un favor. Sea cual sea tu relación con Mason, esperaba que pudieras intentar convencerlo de que me devuelva las llamadas. Llevo más de un año intentando ponerme en contacto con él. Hablamos una vez, pero me dijo que tenía su propia familia y que no le interesaba conocerme a mí ni a mis hermanos. Pero a mí me gustaría mucho conocerlo a él y a los suyos.

—Entonces, estás emparentado con él por su padre biológico —musité, intentando averiguar qué estaba pasando exactamente.

—¿Sabes que es adoptado? —preguntó Hudson en tono sorprendido—. Dijo que ninguno de sus hermanos lo sabía.

Yo asentí.

—Es verdad. No lo saben. No quiere contárselo.

—Entonces, ¿me equivocaría si diera por hecho que tú y Mason estáis unidos?

—Lo estamos —reconocí.

—Entonces, ¿puedes darme alguna pista de por qué Mason no quiere formar parte de nuestra familia? Joder, no tenemos que comportarnos como si hubiéramos crecido juntos ni nada parecido, pero estaría bien ser amigos. Yo me enteré de que existía el año pasado cuando finalmente me deshice de algunos diarios de mi padre que llevaban años guardados. Mencionaba a Mason o yo seguiría sin saber que tenía un primo ahí fuera al que nunca había conocido. Le llamé poco después de enterarme, pero fue muy distante, lo cual me pareció extraño. No es como si yo ni mis hermanos hubiéramos hecho nada para provocar que se muestre tan frío que ni siquiera quiere conocernos.

Me sentí mal porque Hudson sonaba ligeramente dolido.

—Yo tampoco sé gran cosa —confesé—. Dijo que su verdadero padre era un imbécil. Así que supongo que prefiere mantener las distancias con toda la familia.

—¿No quiere saber nada del otro lado de su familia biológica? —inquirió Hudson.

Yo me encogí de hombros.

—Por lo visto, no, y creo que es decisión suya.

Aunque yo sentía que quizás fuera agradable que Mason le diera una oportunidad a la relación con sus primos, conociendo a Mason, probablemente él sentía que sería una traición a sus hermanos y hermanas. Sí, la lógica era un poco retorcida, pero Mason era ferozmente leal a su familia.

Hudson se llevó la mano al bolsillo y me entregó su tarjeta.

—Tiene mi número personal al dorso —dijo—. Si Mason cambia de opinión, puede ponerse en contacto conmigo. No he compartido la información con mis hermanos ni con mi hermana, Riley. No tiene sentido si Mason no quiere quedar. Solo heriría sus sentimientos si él no quiere tener nada que ver con ellos.

Inspiré hondo y elegí mis palabras con cuidado.

—No es personal, Hudson. Y no tiene nada que ver con tu familia. Pero él no tiene buena impresión de su padre biológico. —Realmente, eso era todo lo que podía revelarle.

Hudson asintió.

—Y con razón. Mi tío era un imbécil, según tengo entendido. Murió el año en que yo nací. Mi padre estaba cortado por el mismo patrón. Pero me gustaría creer que mi generación salió bien.

—Mason es un hombre muy bueno —me vi obligada a decirle—. Y sus hermanos también son increíbles. Como ya he dicho, no es nada personal. No te está rechazando porque esté intentando ser un capullo. Simplemente no creo que haya aceptado del todo el ser adoptado. No lo averiguó prácticamente hasta que terminó la universidad.

—Uy —dijo Hudson con empatía—. Así que, ¿sigue intentando lidiar con eso?

—Creo que sí —dije con una evasiva mientras me guardaba su tarjeta en la cartera—. Sé paciente. Puede que cambie de opinión algún día. Yo espero que tarde o temprano se lo cuente a sus hermanos. A ninguno de ellos les importará. Siempre será su hermano. Es una situación difícil porque quería mucho a su padre adoptivo. Él fue el hombre que lo crio y lo amó hasta el día que murió en un accidente junto con la madre de Mason.

—Lo entiendo —respondió Hudson—. Ha tenido que lidiar con mucha mierda durante la última década o así. Supongo que entiendo por qué nunca ha devuelto mis llamadas después de nuestra discusión inicial. Pero no tiene que gustarme.

Me pregunté si Hudson conocía toda la historia sobre cómo se había quedado embarazada la madre de Mason, pero no quise entrar en detalles. Aquello era algo de lo que Mason y Hudson tendrían que hablar si Mason decidía que quería saber más acerca de su familia biológica.

—Lo siento, pero no puedo darte mucha más información. Mason me importa demasiado como para traicionar su confianza —le dije a Hudson con pesar.

Tal vez pensara que Hudson y Mason probablemente se llevarían bien y creía sinceramente que nunca se tiene bastante familia a la espalda porque yo no tenía. Pero, en última instancia, la decisión de si Mason quería comunicarse con sus primos era suya. Hudson volvió a sonreír y tuve que reconocer que la sonrisa lo hacía aún más guapo de lo que era.

—Creo que a todos nos gustaría que nos invitarais a la boda —dijo burlonamente.

—¿Qué boda? —Fruncí el ceño.

—La tuya y de Mason —contestó Hudson mientras su sonrisa se ensanchaba. —Vamos, Laura. Ningún hombre se sincera con una mujer a menos que piense casarse con ella. Evidentemente, te ha contado a ti más que a sus hermanos.

—¿Sigues intentando sonsacarme más información personal? —pregunté—. Siento desengañarte, pero Mason y yo no tenemos planes de casarnos. Solo estamos… saliendo.

Aunque quisiera, no podría explicar por qué Mason me había revelado la verdad cuando ni siquiera se la había contado a sus hermanos. Era demasiado personal.

—Confía en ti —comentó Hudson—. Y con razón, debo añadir. Intentar conseguir información importante de tu boca es casi imposible, para mi pesar.

—Nunca traicionaría a Mason —dije en tono de advertencia—. Jamás.

Él asintió con lo que parecía un gesto de aprobación mientras respondía:

—Lo respeto. Entonces podemos cambiar de tema. Háblame de tu negocio. Me interesa.

Suspiré, aliviada de que pudiéramos hablar de otra cosa, pero no llegó a salir de mi boca ni una sola palabra sobre Perfect Harmony. De pronto, escuché un sonido repetitivo que parecían disparos y, acto seguido, me azotó un dolor punzante en el costado derecho.

Vi horrorizada cómo Hudson se llevaba la mano a la chaqueta del traje y sacaba una pistola. Salió disparado de su silla y me arrojó al suelo, su cuerpo cubriendo el mío a medida que los estallidos continuaron durante lo que pareció una eternidad.

«¡Alguien está tiroteando el restaurante!», pensé horrorizada.

—No te levantes —gruñó Hudson—. No muevas ni un músculo.

No iba a ir a ninguna parte con el peso de Hudson sobre mí, pero tampoco pensaba oponerme a su orden para empezar. Mi respiración era irregular y dolorosa, y toda la sala daba vueltas. Mi cuerpo comenzó a temblar debajo de la mole de Hudson y, de repente, pensé que desearía haberle dicho a Mason que lo amaba. Por el sonido del pánico en masa y los gritos a mi alrededor, los disparos continuados provenientes de un arma, estaba segura de que no tendría la oportunidad de decírselo en el futuro.

—¡Joder! —Oí el siseo furioso de Hudson. Sabía que le habían dado. Oí el tono de dolor en su voz.

En un momento, mi cabeza pensaba acelerada, intentando pensar en algo que pudiera hacer para ayudar a Hudson. Y entonces, en un abrir y cerrar de ojos, todo se quedó oscuro.

Capítulo 19

Mason

—Solo lleva fuera cinco días y me parece que ha sido un año —me quejé a Carter cuando estábamos sentados en mi despacho el viernes por la tarde.

Él me lanzó una sonrisita cómplice.

—Vuelve el domingo por la noche, ¿verdad?

—Sí, así que no me esperes en la oficina hasta tarde el lunes —le advertí.

—Hermano, tienes un aspecto tan miserable que creo que deberías tomarte libre el lunes.

—Puede que lo haga —respondí irritado. «¡Dios!». Había jugado a todos los juegos mentales que se me ocurrieron para dejar de pensar en Laura. Ninguno había funcionado.

—Sobrevivirás —dijo Carter atragantándose con una risita divertida—. Aunque no parece que vayas a conseguirlo ahora mismo.

Yo lo fulminé con la mirada.

—Es fácil decirlo. Sabes que Brynn estará en casa cuando llegues.

—Hace una semana no estaba —me recordó—. Así que, sé cómo te sientes. Y tengo que decir que me alegro de que deje el modelaje.

—¿La convenciste para que lo dejara? —pregunté con suspicacia.

—No, por favor —contestó Carter—. A fin de cuentas, quiero que Brynn sea feliz. Fue decisión suya. ¿Qué hay de Laura?

—También ha sido decisión suya. Yo no querría verla hacer algo que no quiere o no está preparada para hacer.

Carter bajó la mirada hacia su móvil mientras decía:

—Resulta gracioso que su independencia sea una de las cosas que amamos de ellas, pero sea una de las cosas que más nos cuesta aceptar.

—No se trata de que no pueda aceptarlo —le dije a Carter en tono pensativo—. Simplemente, no quiero que le hagan daño. Si pudiera ir a cualquier sitio que quisiera sin el peligro de un loco cabrón haciéndole daño, estaría encantado de sufrir ese tiempo sin ella si eso la hiciera feliz. Pero tengo muchos enemigos, Carter. Demasiados. No llegamos a la cima sin derribar a unas cuantas compañías o dejarlas sin negocio. El dinero es una gran motivación cuando de locos se trata. No es como si no hubiera habido gente que nos hiciera amenazas graves en el pasado.

Carter asintió mientras miraba la pantalla de su teléfono.

—Sí. Lo entiendo. Y tú tienes más que ninguno porque haces el trabajo duro en el aspecto comercial.

Lo observé, consciente de que no tenía toda su atención. Al contrario que algunas personas, no era el estilo de Carter tener la cara pegada al teléfono mientras mantenía una conversación.

—¿Qué estás haciendo?

Él levantó la mirada de inmediato.

—Leyendo una noticia de última hora de uno de esos locos de los que hablábamos —dijo con cautela—. Sigo intentando enterarme de qué ha pasado. Un cabrón entró en un restaurante de San Diego y empezó a disparar con un rifle de asalto.

—¿Dónde en San Diego? —le pregunté, diciéndome a mí mismo que podría haber sido en cualquier parte.

—Cerca del centro —respondió él en tono ausente mientras seguía leyendo las noticias—. Han muerto dos personas y hay muchos heridos.

—¿Qué más ves? Quiero decir, ¿qué posibilidades hay de que Laura estuviera cerca de allí?

San Diego era una ciudad grande y era posible que Laura estuviera en otro sitio. Nos habíamos escrito aquella mañana y dijo que tenía un par de reuniones de negocios. Saqué el teléfono del bolsillo para mirar si había algún mensaje que no hubiera visto. Nada de Laura desde aquella mañana. Le mandé un mensaje rápidamente para que me informase de que estaba bien porque me había enterado del tiroteo.

—¿Estás escribiendo a Laura? —preguntó Carter.

—Sí. Solo quiero asegurarme de que estaba lejos de ese sitio.

Carter alzó la mirada hacia mí, con expresión sombría.

—¡Dios! No quiero decirte esto…

Tuve una sensación de desasosiego en la boca del estómago al ver su expresión. Carter no era un alarmista, así que la tensión en su rostro resultaba aterradora.

—¿Qué? —pregunté con voz tensa—. Dímelo.

Carter se puso en pie y caminó hasta mi escritorio.

—Laura estaba allí. Por lo visto, con Hudson Montgomery, aunque se me escapa cómo demonios lo conoce. ¿Puede que sean amigos?

«¿Hudson Montgomery? ¿Por qué demonios estaría en un restaurante con él?», me pregunté.

—La noticia tiene que ser un error. No lo conoce. Nunca mencionó verlo cuando estaba en San Diego.

—No es un error —dijo Carter en tono solemne mientras me ponía el teléfono delante—. Esa es su foto con él, tomada por un reportero de las columnas de cotilleo justo antes de que empezara el tiroteo. Persiguen a todos los hermanos Montgomery. Supongo que les sacaron una foto juntos antes de que empezase el caos. El reportero sobrevivió y acaban de sacar la foto en primicia con el artículo. Hudson Montgomery estaba allí con Laura. No sé por qué estaban juntos, pero estoy seguro de que era totalmente inocente.

Miré fijamente la foto que tenía delante, aumentada a pantalla completa por Carter. Eran Laura y Hudson Montgomery. Sus manos se tocaban y parecía que estaban teniendo una conversación seria. Laura no sonreía, lo cual era muy poco habitual para una mujer tan animada como ella.

—Qué demonios —gruñí antes de golpear el escritorio con la mano tan fuerte que me hice daño.

—Tenemos que averiguar qué ha pasado, Mason. No llegues a conclusiones precipitadas hasta que conozcamos los hechos. Tenemos que averiguar si Laura está bien —dijo Carter con calma mientras recuperaba su móvil—. Deja que haga unas llamadas.

Yo me levanté, intentando recomponerme.

—Voy para allá, ahora —le dije—. Hazme saber lo que averigües. Necesito el avión listo para despegar.

—¿Ha vuelto tu avión a la base después de dejar a Laura?

Yo asentí.

—Está aquí.

—Llamaré al equipo. Mason, intenta no sacar conclusiones precipitadas sobre Laura y Hudson. No le interesa.

—¡A la mierda con eso! —gruñí—. Solo necesito saber que Laura está bien. Que está viva y que está bien. Puedo lidiar con Montgomery más tarde. Joder, confío en ella. Simplemente no confío en él.

Carter asintió.

—Yo guardaré el fuerte aquí puesto que Jett no está y haré unas llamadas para averiguar lo que pueda. Sabes que no vamos a conseguir gran cosa con noticias generalistas. Te llamaré durante el vuelo —dijo Carter mientras me seguía fuera de la puerta del despacho.

—Voy directo al aeropuerto —le dije cuando nos detuvimos frente al ascensor rápido. Me mesé el pelo con la mano, intentando no pensar en Laura nada menos que sana y salva, mientras Carter llamaba a mi tripulación para asegurarse de que estuvieran listos para despegar—. ¿Decían quién ha muerto? —pregunté a Carter cuando colgó. Parte de mí no quería saberlo, pero necesitaba algo para evitar perder la cabeza.

Estábamos entrando en el ascensor cuando Carter seguía ojeando cosas en su teléfono.

—Un hombre, una mujer. No hay más información.

«¡Joder!». Ignoré la manera en que me batía el corazón en el pecho y el dolo que me atravesaba el esternón. Carter me dio una palmada de apoyo en la espalda cuando salimos del ascensor.

—Seguro que está bien, hermano. Tenemos que seguir creyendo eso hasta que averigüemos lo contrario —dijo Carter con voz ronca.

—No me queda más alternativa que creerlo. Cualquier otro resultado es inaceptable —farfullé mientras caminábamos por el vestíbulo.

—Brynn se pondrá malísima de preocupación. Y querrá hablar con Laura. Así que, mantenme informado —insistió Carter.

—Lo haré —contesté ausente, la cabeza ya centrada en averiguar qué demonios había ocurrido en San Diego hacía unas horas.

Carter y yo nos separamos al llegar a nuestras plazas de aparcamiento. Yo sabía que él se dirigía de vuelta a casa para hablar con Brynn y a encontrar toda la información que pudiera. Violé prácticamente todas las normas de circulación en camino al aeropuerto. En una hora, ya estaba en el aire y rumbo al sur para ver si podía mantener la cordura, relativamente, o si todo mi mundo se me caería encima.

Capítulo 20

Laura

Cuando abrí los ojos, todo parecía borroso y torcido en mi mundo.

«¿Qué demonios?».

No lograba encontrar sentido a dónde estaba ni qué había pasado. Lo único que sabía era que me pesaba el pecho, como si estuviera intentando respirar, pero no pudiera porque tuviera un elefante encima.

«Tengo que levantarme. Tengo que levantarme de la cama».

Tenía que estar en casa, pero nada parecía mi apartamento ni la casa de Mason. En cuanto me moví, jadeé de dolor cuando una punzada atroz atravesó la parte superior de mi cuerpo y me obligó a volver a tumbarme.

—No te muevas —oí que decía con insistencia una voz de barítono familiar.

—¿Mason? —dije, apenas capaz de emitir un susurro.

—Soy Hudson —explicó la voz—. Acabas de salir de una cirugía. Pero, por lo que he entendido cuando llamé a la oficina de Mason, pronto estará aquí. Su asistente dijo que estaba en camino a San Diego. Relájate.

«¿Hudson? Hudson Montgomery.». De pronto, lo recordé todo. Los disparos. El terror. El dolor. Y después… nada. Giré la cabeza con cuidado y logré ver a Hudson de pie al lado de la cama.

—¿Estoy en el hospital? ¿Qué ha pasado?

—¿No lo recuerdas? —preguntó Hudson.

—No mucho. Supongo que recibí un disparo. Pero tú también —dije mirándolo alarmada.

—El mío no fue nada. Solo un rasguño. Me dieron puntos en Urgencias. Estoy bien, Laura, pero tú recibiste un balazo. Por suerte, no alcanzó una costilla, pero te perforó el pulmón. Llevas un tubo torácico ahora mismo. Te llevaron a quirófano para explorar la herida y suturarla debidamente. Pero el tubo torácico tiene que quedarse puesto unos días. Lo siento. Desearía haber visto acercarse a ese cabrón —terminó, el tono enfadado y apenado al mismo tiempo

Recordaba que Hudson se había precipitado hacia mí y me tiró al suelo.

—No lo sientas —susurré—. Probablemente me has salvado la vida. Creía que iba a morir. ¿Qué le ha pasado a todos los demás que estaban en el restaurante?

—Ha habido dos fallecidos. El tirador era un exempleado descontento. Mató a los dos propietarios en la cocina y luego empezó a disparar indiscriminadamente por todos lados —dijo en tono estoico.

Los ojos se me llenaron de lágrimas porque dos personas habían muerto sin sentido.

—¿Lo han atrapado?

—Yo lo maté —respondió Hudson sin una pizca de remordimiento en la voz. Hubo otros heridos, pero parece que todos sobrevivirán. Recordé vagamente que Hudson había sacado una pistola, pero no sabía dónde había disparado al autor del crimen.

—Gracias a Dios —dije atragantándome, apenas capaz de contener la necesidad de sollozar abiertamente por todo aquel calvario.

Noté la mano de Hudson acariciándome el pelo.

—No llores. Dolerá como el demonio.

Yo asentí con la cabeza.

—Lo sé. Me duele el menor movimiento.

—Te pondrás bien, Laura. Tardará un tiempo en curarse. Ahora mismo estás en la Unidad de Cuidados Intensivos, pero la enfermera ha dicho que podrás bajar a la planta de cirugía cuando te quiten el tubo torácico y esté más estable. —Acercó una silla, se sentó junto a la cama y extendió una mano hacia mí.

Yo la tomé. Sentía que necesitaba algo o a alguien a quien aferrarme, y Hudson me había protegido con su propio cuerpo. No sabía qué habría pasado si no me hubiera tirado al suelo.

—Gracias —dije con voz ronca.

—No me des las gracias —dijo él con aspereza—. Solo me alegro de que vayas a sobrevivir a esto. Ni siquiera intentaré fingir que va a ser fácil. Ha sido bastante traumático.

—Por suerte, estuve inconsciente durante la mayor parte del tiempo —expliqué—. Lo último que recuerdo es a ti diciéndome que no me moviera. Después de eso, todo está en blanco.

—Puede que sea mejor así —caviló él—. No la parte donde te dispararon, sino la de haber estado inconsciente. La carnicería no fue bonita.

Una sensación de tristeza me abrumó y no pude evitar preguntarme cómo les iba a las otras víctimas y cómo lidiaría con la violenta muerte de sus seres queridos la familia de los dos propietarios del restaurante. Yo sentía dolor, pero me pondría bien. No tenía ni idea de qué iba a ocurrirle a todos los demás. Hudson me dio un apretón en la mano.

—Oye, no pienses demasiado ahora mismo. Te enloquecerá. Tú concéntrate en recuperarte.

En ese momento, me sentía débil y frágil, así que volver a estar sana y de una pieza parecía estar muy lejos.

—¿Dónde te alcanzó el disparo? —le pregunté a Hudson.

—En el hombro —respondió—. Pero ya está vendado.

No parecía sentir dolor. Simplemente tenía aspecto… cansado.

—¿Puede saberse por qué llevabas pistola?

Estaba segura de que no era fácil conseguir una licencia para llevar un arma oculta en San Diego.

—Esa es una conversación para otro día. Es una larga historia —dijo Hudson con ligereza.

—Creo que no tengo nada más que tiempo ahora mismo. Y seré un público cautivado.

Estaría feliz de oír hablar a Hudson. Cualquier cosa que me hiciera dejar de pensar en lo que había ocurrido aquel día. Por desgracia, sabía que no iba a contarme esa historia cuando vi la mirada de Hudson vagando hasta la puerta de mi habitación de hospital.

—Laura, tienes otra visita —dijo la enfermera con voz suave y reconfortante al entrar.

La boca de Hudson se curvó en una sonrisa burlona mientras se ponía en pie.

—Me apuesto a que adivino quién es.

—Mason —dije con anhelo. «Dios, espero que sea él. Necesito verlo desesperadamente ahora mismo».

Hudson me soltó la mano.

—Iré a buscarlo. Solo permiten visitas breves y de uno en uno ahora mismo. Volveré mañana. Descansa un poco, Laura.

—Como no es un familiar, no he podido proporcionarle información —explicó la enfermera.

—Le pondré al corriente.

Yo asentí.

—Cuídate. Aunque haces que no parezca gran cosa, tiene que dolerte.

Él se encogió de hombros y luego hizo una mueca de dolor; obviamente, había olvidado que tenía una herida en el hombro.

—Sobreviviré. He sobrevivido a cosas peores —dijo con tristeza antes de aproximarse a la puerta. Lo vi marcharse, esperando que no sintiera más dolor del que demostraba. Hudson Montgomery me había salvado la vida y yo sabía que siempre tendríamos un vínculo debido a la horrorosa experiencia que habíamos compartido. Tarde o temprano, haría que me contase la verdad sobre por qué llevaba un arma y por qué tenía unos reflejos tan rápidos como el rayo, aunque estaba en pleno caos. Aquel hombre era mucho más de lo que pretendía. Había visto un reflejo rápido de alguien muy diferente a su imagen pública. Alguien misterioso y heroico, lo cual hizo que me preguntase cuántos secretos exactamente tenía Hudson en realidad.

Capítulo 21

Mason

En cuanto Hudson Montgomery entró en la sala de espera vacía, agarré al cabrón y lo clavé contra la pared.

—¿Qué demonios le has hecho? —gruñí.

—¡Joder! Estoy herido, hombre. Suéltame —dijo con un quejido de nerviosismo.

Vi el dolor en sus ojos y, aunque quería matarlo, sabía que no lo haría. Lo solté.

—Será mejor que te expliques, y rapidito —le advertí—. Quiero saber qué ha pasado, por qué, por qué estabas con mi chica y si ella está bien. Responde la última pregunta primero. ¿Está bien? El personal sanitario no me cuenta una mierda.

Hudson se alejó de la pared.

—Recibió un disparo. La bala pasó entre las costillas, pero le alcanzó el pulmón lo suficiente como para provocarle un neumotórax. Tuvieron que operarla, pero sí, se pondrá bien. Sin embargo, lo último que necesita es esta mierda. Contrólate antes de entrar ahí, joder. Ha vivido una experiencia realmente traumática y ha estado a punto de morir. Lo que necesita ahora mismo es un hombre que se comporte como es debido. No se trata de ti. Recuérdalo.

«¡Joder!». Quería noquear a ese cabrón, pero no quería que me echaran del hospital. Además, en algún lugar de mi mente racional, sabía que tenía razón. Saqué el teléfono de mi bolsillo.

—Esto está publicado por todo internet —le informé mientras giraba el teléfono para que viera su foto con Laura.

—¡Mierda! —exclamó enojado—. Sí, estábamos juntos, pero porque le solicité una reunión mientras estaba aquí. Le hice creer que era por negocios. Y no nos estábamos tocando como parece en la foto. Le estaba dando mi tarjeta de visita para que te la pasara. Sabía que estabais unidos y esperaba que ella pudiera contarme exactamente por qué nunca me devuelves las llamadas con ese trasero tan irascible que tienes. No la culpes a ella. Ha sido todo culpa mía. Y me odio por haberla puesto en esa situación. Si no le hubiera pedido que se reuniera conmigo, no estaría en Cuidados Intensivos. Si quieres estar enfadado con alguien, enfádate conmigo, no con ella.

Vi la culpa que sentía reflejada en su rostro y, aunque no lo sentía lo más mínimo por el cabrón, empecé a calmarme.

—No estoy enfadado con Laura. No fue culpa suya. ¿Cómo de graves son sus heridas? La verdad —dije con voz ronca.

—Graves —respondió él—. Pero no fatales. Tardará en recuperarse. Le duele, física y emocionalmente. Tú, apóyala, Mason. Eso es lo que necesita ahora mismo.

—Por supuesto que voy a apoyarla —le respondí con un gruñido.

—Si te sirve de algo, es una mujer increíble. Te cubre las espaldas, primo. Es una tumba con respecto a ti y es increíblemente leal. Le importas, hombre. Y mucho.

La mayor parte de mi hostilidad hacia Hudson empezaba a desvanecerse.

—¿Cómo estás tú? Has dicho que estás herido.

—Mi rasguño en el hombro no es nada comparado con lo que está pasando Laura. Me curaré mucho más rápido que ella —dijo.

—¿Por qué ha pasado esto? —pregunté.

—En cuanto a tus preguntas sobre qué y por qué, la razón es un sinsentido. El autor del crimen era un empleado descontento que fue despedido porque la mitad del tiempo no se presentaba a trabajar. ¿Qué ha pasado? Que el cabrón disparó a los dueños del restaurante que lo habían despedido, primero, y después la emprendió a tiros con todo el local. Era un lunático —me informó Hudson en tono brusco que contenía mucha acritud.

—Mataré a ese cabrón —gruñí.

—Me encantaría cederte ese privilegio, pero tuve que hacerlo yo mismo para que no matara a nadie más en el restaurante —dijo Hudson en tono solemne—. Le disparé. Fue un tiro mortal.

«¿Qué demonios?».

—¿Quiero saber siquiera por qué llevabas un arma oculta en un restaurante concurrido en el centro de San Diego? —gruñí.

Tal vez no conociera a Hudson, pero era mi puñetero primo de sangre. Él no era el blanco del tiroteo, pero ¿tenía enemigos con tantas ganas de matarlo como para llevar encima un arma cargada todo el tiempo?

—Tengo licencia para llevarla —dijo Hudson con una sonrisa burlona—. No me interesan la mafia ni el narcotráfico. Todo lo que rodea Montgomery Mining es perfectamente legítimo.

—No es fácil conseguir licencia para llevar un arma oculta en este estado —le recordé—. Necesitas un buen motivo para llevarla. Así que, ¿en qué demonios estás metido?

—Dejemos las explicaciones para otro momento —sugirió Hudson—. Es una larga historia y tengo que ir a comisaría a declarar.

—Necesito ver a Laura —dije apretando fuertemente la mandíbula para saber exactamente cómo había conseguido herir a tanta gente un imbécil.

—Sabe que estás aquí. Entra. No hay nadie en su habitación ahora y creo que se encontrará mejor después de verte. Tiene que descansar y creo que toda la mierda que ha ocurrido está empezando a golpearla ahora mismo. —Hudson dio un paso atrás para apartarse de la puerta. Añadió—: Si necesitas un sitio donde quedarte, tengo sitio en mi casa.

Yo sacudí la cabeza.

—Quiero quedarme con Laura.

—Si te echan, llámame —dijo Hudson mientras abandonaba la sala de espera.

Mi primo quedó olvidado en cuanto se marchó y tomé el teléfono interno para que me abrieran la puerta de la Unidad de Cuidados Intensivos. La enfermera que había en el interior me condujo a la habitación de Laura y yo me detuve en la puerta en cuanto la vi postrada en la cama del hospital, con aspecto aún más frágil de lo que probablemente era en realidad. Me obligué a entrar en la habitación y olvidar lo enfadado que estaba de que se encontrase en esas condiciones, porque Hudson tenía razón. Yo debía olvidar mis puñeteros miedos de perderla. Ahora mismo, todo se trataba de Laura. No se trataba de mí Me sentí como si me hubieran dado un puñetazo en la boca del estómago cuando me lanzó una sonrisa al verme acercarme a la cama. Su voz sonó débil cuando musitó:

—Me encantaría arrojarme a tus brazos ahora mismo, pero estoy un poco atada con todos estos aparatos.

Se suponía que era un chiste, pero ni siquiera conseguí esbozar una pequeña sonrisa. Me incliné hacia abajo y le acaricié su bonito pelo, que se veía sin brillo y sin vida.

—Joder, me aterraba que hubieras muerto —dije con una voz ahogada que apenas reconocía.

Una lágrima se le escapó por el rabillo del ojo.

—Lo sé. Lo siento.

—No es tu puta culpa —dije tenso—. Solo estabas comiendo, por Dios.

—Aun así, siento que tuvieras que preocuparte por esto. Me pondré bien, Mason.

«De verdad cree que llegará el día en que no me inquiete su seguridad? ¡Maldita sea! Después de este suceso, va a costarme mucho perderla de vista. En realidad, esto es culpa mía. Debería haber respondido las llamadas de Hudson y haberle dicho que me dejara en paz. O quizás podríamos haber tenido una relación informal y él no se habría puesto en contacto con otras personas que me importaban para intentar hablar conmigo». El problema era que yo no quería hablar con él. Yo tenía familia. No necesitaba más, especialmente, no necesitaba familiares cuya existencia ni siquiera conocía.

Cuando Hudson se puso en contacto conmigo por primera vez, me quedé anonadado al enterarme de que estaba emparentado con la familia Montgomery. Mi madre nunca había mencionado exactamente quién la había agredido. Después de aquello, decidí que simplemente no me importaba una mierda porque ya tenía toda la familia que necesitaba. Una familia de verdad que me conocía y a la que le importaba. No quería primos que no fueran también primos de mis hermanos y hermanas.

Habría tenido que contarles la verdad a mis hermanos y no quería ser diferente. Sin embargo, mi propia obstinación había acabado afectando a Laura de una manera devastadora, tanto física como emocionalmente. En ese preciso instante, odiaba ser yo la persona que había causado que aquello le sucediera a ella. Laura no debería haber estado en ese restaurante. No habría estado allí si yo no hubiera formado parte de su vida. Hudson nunca se habría puesto en contacto con ella. Y Laura no estaría allí, en esa cama de hospital, con aspecto de haber sobrevivido a duras penas a un horrible tiroteo masivo. Me incliné hacia abajo y le besé la frente. Después le sequé la lágrima culpable de la mejilla.

—Me alegro tanto de que estés aquí ahora —susurró.

—No voy a ninguna parte —prometí—. Duerme, Laura. No intentes hablar. Hudson me lo ha contado todo. Tú, descansa. Estaré aquí cuando te despiertes.

Iba a estar pegado a ella hasta que estuviera totalmente curada. Después de eso, haría lo que hiciera falta para asegurarme de que nunca volviera a pasar por algo parecido. Empezaron a cerrársele los ojos y respondió:

—Solo tengo que contarte una cosa primero. Cuando estaba herida y no estaba segura de que sobreviviría al tiroteo, me arrepentí de no habértelo dicho antes.

—¿Qué? —pregunté, la voz ronca de emoción.

—Te quiero, Mason. Quiero que lo sepas porque nunca quiero volver a arrepentirme de no habértelo dicho —confesó, justo antes de suspirar y quedarse dormida.

Capítulo 22

Laura

Pasó casi un mes desde mi lesión hasta que volví a sentirme completamente normal. Por desgracia, en lugar de unirnos más, mi periodo de recuperación pareció hacer que Mason se volviera más distante que nunca. Sí, había estado ahí para cualquier cosa que necesitara hasta hacía poco. Había sido un apoyo increíble, me animaba y me ayudaba a mantener la moral alta cuando las cosas se ponían difíciles. Pero lo hizo desde la distancia emocional. Hasta que estuve completamente curada.

Ahora, no había oído nada de él desde hacía varios días. Estaba poniendo todas las excusas del mundo para evitarme. Si le llamaba al móvil o le escribía, no recibía respuesta. Si llamaba a su despacho, recibía alguna excusa de su secretaria, con quien últimamente hablaba más que con él. Estaba trabajando. Estaba en una reunión. Había salido a comer. Simplemente… no estaba disponible. Creo que su secretaria usaba esa cuando ya no sabía qué demonios decir.

Algo andaba mal. Lo presentía. Me encontraba bastante bien pasadas las primeras dos semanas, pero no hubo nada de intimidad entre Mason y yo. Sí, había dicho lo adecuado, pero estaba ausente emocionalmente. El hombre no me había besado excepto por un pico rápido o, peor aún, un beso en la mejilla o la frente, como si fuera una niña y no la mujer con la que supuestamente quería tener una relación monógama. Mason me trataba más como a una amiga cercana que como a una pareja.

—Quizás crea que sigues recuperándote —sugirió Brynn mientras tomábamos tarta y café que ella había parado a comprar en mi pastelería favorita antes de llegar a mi apartamento hacia la hora de comer.

Estábamos sentadas en la pequeña mesa de mi cocina. Brynn y yo nos habíamos estado viendo en algún sitio todos los días, intentando recuperar el tiempo y los acontecimientos que nos habíamos perdido mientras yo recuperaba mi salud.

Brynn también había estado ahí para mí cada vez que la necesitaba. Pero la mayor parte de nuestra conversación giró en torno a mi salud durante las primeras semanas de mi recuperación.

Yo sacudí la cabeza.

—Sabe que estoy en perfecto estado de salud. Estuvo conmigo en la consulta de la doctora la semana pasada cuando me dijo que no tenía que volver a menos que sufriera alguna complicación, cosa que ella no esperaba que ocurriese.

—Has vuelto a tu rutina completa de ejercicio —comentó Brynn—. Tienes un aspecto fantástico.

—Estoy haciendo aún más que antes —dije—. Como ahora no soy tan estricta con mi dieta, camino mucho para mantenerme en forma y sana.

—De acuerdo —cedió Brynn—. Su actitud es... rara. ¿Nada de sexo?

—Nada —confirmé después de tragar un mordisquito de tarta—. Ni siquiera me besa de verdad. No me lo explico, Brynn. Me ha apoyado muchísimo y ha estado conmigo a cada paso del camino durante la recuperación. Pero es como si parte de él se hubiera esfumado. Me trata más como a una amiga que como a una amante. Creo que quizás simplemente haya perdido el interés romántico.

Era la primera vez que pronunciaba aquel pensamiento en voz alta y pronunciar mi conclusión dolió como el demonio. Por desgracia, a medida que pasaba los últimos días con su total ausencia, tuve que ser sincera conmigo misma: «Mason ya no me desea».

—Imposible —negó Brynn—. Ese hombre está loco por ti.

—Le dije que lo amaba justo después de que se produjera el tiroteo. Ni siquiera se dio por enterado. Es como si nunca lo hubiera dicho. Puede que fuera demasiado pronto, pero no pude contenerme. Estuve a punto de morir y quería que supiera la verdad.

Casi me morí cuando no me contestó con un *te quiero*. Ni una sola vez. Tampoco me había recordado habérselo dicho. Evidentemente, no quería volver a escucharlo.

—¿Le has hablado de ello a tu terapeuta? —preguntó Brynn.

—En realidad, no. Es más bien una experta en lidiar con el TEPT. —Había sido Mason quien insistió en buscarme una terapeuta después del suceso. Le había comentado que había tenido pesadillas sobre el suceso y él insistió en que buscara a una terapeuta para trabajar la parte emocional del trauma.

Sin duda, había ayudado.

—Tal vez Mason siga teniendo miedo de hacerte daño —caviló Brynn.

—Lo dudo —respondí yo—. Sabe que soy fuerte. Entrenaba en el gimnasio de su casa con él casi a diario, hasta que dejó de invitarme hace un par de días. Pero tengo muchas cicatrices. Y ha visto cosas asquerosas que ningún novio debería ver al inicio de una relación. Extraer el tubo torácico fue doloroso y desagradable, y yo no recuperé mi aspecto normal hasta recientemente. Estuve bastante débil y alicaída durante un tiempo. Él estuvo ahí en todo eso. Puede que simplemente ahora me vea de otra manera.

—Si eso es verdad, cosa que dudo, no es el hombre que creo que es —respondió Brynn en tono decepcionado—. Un chico que te quiere de verdad verá tus peores momentos tarde o temprano. Tus momentos de enfermedad. Y pasará por un parto contigo, que es bastante sangriento. Ni en un millón de años habría dicho que Mason era tan superficial.

—Ha sido una recuperación larga —le recordé—. No es como si hubiera tenido una gripe cuatro o cinco días.

—El embarazo dura nueve meses y luego viene el parto —replicó ella—. Eras tú la que estaba sufriendo de verdad.

—Nunca afirmó que me quisiera —le dije.

—Te quiere —dijo Brynn con énfasis—. Carter dijo que Mason casi perdió los estribos cuando se enteró de que estabas en ese restaurante.

—Bueno, pues ahora está evitándome. Hasta se saltó nuestra llamada del domingo. No me ha llamado ni me ha escrito desde hace ya tres días. Y durante toda la recuperación me ha tratado como a una amiga o una hermana. Evidentemente, me está dejando ir ahora que me he curado. —Intenté no dejar aflorar mi dolor y frustración, pero los ojos se me anegaron de lágrimas de todas maneras.

—No te rindas, Laura. No sé qué se le está pasando por la cabeza ahora mismo, pero no creo que te vea como a una hermana o una amiga.

—No hemos dormido en la misma cama desde la lesión —confesé—. Cada uno dormía en su casa. Él siempre se marchaba por la noche. Incluso cuando estaba demasiado débil como para acostarme con él, podría haberse quedado sin más.

Brynn permaneció en silencio durante un momento antes de responder:

—He de reconocer que no me lo explico. Pero dijiste que estaba allí en tu cumpleaños.

Yo puse los ojos en blanco.

—Sí, estuvo allí. Trajo comida para llevar y una tarta. Vimos películas toda la tarde. En sillones reclinables separados. Me dio una tarjeta de regalo por mi cumpleaños. No fue precisamente una velada romántica.

—Estamos de acuerdo —dijo Brynn taciturna—. No sé qué demonios le pasa.

—Evidentemente, quiere terminar —dije con la voz más triste de lo que quería que sonase—. Lo que no entiendo es por qué no me lo dijo en lugar de evitar mis llamadas. Pero estoy captando el mensaje, alto y claro. No pienso volver a llamarlo ni escribirle.

—¿Qué hay de Hudson? —preguntó Brynn con delicadeza—. Ha volado muchas veces para verte.

Yo me encogí de hombros.

—No es más que un amigo. Es fácil hablar con Hudson, pero no me atrae de esa manera y yo tampoco le gusto a él en ese sentido. Solo… hablamos. Es algo así como el hermano que nunca he tenido.

Brynn resopló por la nariz.

—Nunca imaginé que oiría a una sola mujer decir eso de uno de los hermanos Montgomery. Por las pocas veces que he visto a Hudson, diría que es un chico bastante simpático. Y es fantástico que le interese Perfect Harmony.

Se me encogió un poco el corazón. Detestaba no haber podido contarle a Brynn exactamente por qué conocía a Hudson. Y nunca lo haría, independientemente de lo que sucediera entre Mason y yo en el futuro. Hasta que Mason cambiase de idea con respecto a contarle la verdad a sus hermanos sobre su adopción, yo seguiría contando la historia de que me había reunido con Hudson para hablar de Perfect Harmony cuando se produjo el tiroteo. Hudson había hecho lo mismo y no informaría a nadie sobre su relación con Mason a menos que la verdad saliera a la luz. Por ahora, Hudson parecía perfectamente conforme con guardar el secreto.

A lo largo del pasado mes, había llegado a valorar la amistad de Hudson. Había volado a Seattle a menudo para ver cómo estaba yo durante las primeras semanas. Él se había curado completamente de su herida muy rápido y yo ya estaba bien de nuevo, pero él seguía llamándome al menos dos veces a la semana.

—Hudson no está invirtiendo en Perfect Harmony, pero está ahí siempre que necesito consejos sobre negocios —compartí—. Es un aliado comercial poderoso, pero principalmente le agradezco que sea un amigo.

Hudson y yo hablábamos de lo ocurrido aquel día horrible en el restaurante, pero también habíamos pasado a otros temas. Yo le había contado parte de mi pasado como niña en el sistema de acogida. Él había compartido parte de su historia familiar. Nos habíamos unido por el hecho de que ambos habíamos tenido una infancia bastante disfuncional. Llegué a la conclusión de que el hombre era mucho más que lo que había leído sobre él en el pasado. La única vez que realmente me cortó fue cuando le pregunté por qué llevaba una pistola en el restaurante. Todo lo que dijo era que tenía sus razones, y me pidió que confiara en él, que no era para ningún propósito infame.

No quiso hablar de eso y yo no quise presionarlo para que hablara de algo que probablemente no era asunto mío de todos modos, así que hice exactamente lo que me pidió que hiciera. Confié en él. No tenía motivos para no hacerlo. El hombre probablemente me había salvado la vida.

—Entonces, ¿qué vas a hacer con Mason? —preguntó Brynn en voz baja.

Yo me encogí de hombros.

—¿Qué puedo hacer? No puedo obligarlo a quererme. No lo he llamado últimamente porque no me devuelve las llamadas. Se ha terminado, Brynn. No voy a seguir torturándome.

Intenté no ponerme muy pesada con Brynn, puesto que estaba casada con el hermano de Mason. Lo último que quería era provocar tensiones familiares de ningún tipo, pero era realmente difícil contenerme. Brynn era mi mejor amiga y yo me sentía como si se me hubiera partido el corazón en un millón de pedacitos diminutos.

—Creo que deberías obligarlo a darte una razón por la que se ha echado atrás, al menos.

Me dolía el corazón cuando le dije:

—En realidad, no importa por qué. Y creo que su razón es perfectamente obvia. Ya no tiene interés. Si lo tuviera, seguiríamos viéndonos.

Dios, extrañaba la intimidad que Mason y yo habíamos compartido. Seguía deseando estar cerca de él tan desesperadamente que dolía, aunque era obvio que él no sentía lo mismo. Me levanté para preparar otra taza de café y Brynn tomó su taza vacía para hacer lo propio. Le di la espalda para que no viera las lágrimas que caían por mis mejillas.

—Eh, ya se le pasará. Puede que Mason sea obstinado, pero no es estúpido —dijo Brynn con delicadeza.

—Sobreviviré —dije mientras colocaba mi taza bajo la cafetera, introducía una cápsula y cerraba la tapa—. Sobreviví al disparo, creo que puedo superar a un tipo que ya no me quiere. —Apreté el botón para que se hiciera el café.

—Laura; Mason no es como los hombres previos de tu vida. Estás realmente enamorada de él. Sé que te duele, aunque no has dicho ni una palabra de cuánto daño te ha hecho. Pero yo lo sé. Eres mi mejor amiga —dijo Brynn en tono solidario.

Tiró de mi brazo con la mínima presión, instándome a que me volviera hacia ella. Finalmente, le di la cara con un sollozo.

—Me está matando, Brynn. No sé qué hacer. El Mason que conocía ha desaparecido y lo echo muchísimo de menos.

Creía que podía hacerme la madura y lidiar con lo que estaba pasando entre Mason y yo, manejarlo como debería hacerlo una mujer fuerte. Me equivocaba. Me arrojé en brazos de Brynn y me eché a llorar.

Capítulo 23

Mason

Blog de Laura Hastings, hoy, 9.30 h

Quiero daros las gracias a todas por vuestro apoyo durante el tiempo en que estaba recuperándome de mis heridas. Sé que ha pasado un tiempo desde que escribí otra publicación, aunque ya llevo más de una semana completamente curada.

Por desgracia, esta vez he estado sufriendo un dolor diferente, y supongo que no creía tener mucho de qué hablar. Pero ahora sí. Creo que toda mujer ha pasado por alguna relación de la que le ha costado desprenderse. Bien, yo he estado pasando una temporada difícil haciendo eso, pero creo que ya ha llegado la hora de seguir adelante.

Mirad, a veces creo que unas circunstancias difíciles pueden fortalecer una relación o terminar con ella. O bien formáis un vínculo que es aún más estrecho que antes, o bien la tragedia os desgarra porque, para empezar, ese vínculo nunca fue lo bastante fuerte como para aguantar durante las adversidades. En mi caso, la relación no ha soportado la prueba. No podía hacer que alguien que no me amaba realmente lo hiciera.

Al principio, me culpé a mí misma, a mis cicatrices, a mi debilidad durante un periodo realmente bajo de mi vida. Pero, adivinad, en la vida real, habrá tiempos que sean difíciles de muchas maneras. Y si vuestro amor no es lo bastante fuerte a ambos lados, esa relación se derrumbará.

Dolerá. Habrá lágrimas y sufrimiento. Os sentiréis tan condenadamente solas que dolerá físicamente durante un tiempo. ¿Mi consejo? Dad un paso atrás y dejad que la relación caiga por su propio peso. No intentéis aferraros a algo que no merece la pena salvar. No digo que sea fácil, pero intentar aferrarse a algo que no es real es aún más doloroso.

Señoritas, todas nos merecemos más que eso. Tenemos que encontrar esa pareja que permanezca, incluso cuando nuestro mundo se venga abajo. ¿Va a doler? Claro que sí. De hecho, pasaréis momentos en que no querréis volver a intentarlo nunca, y esas heridas emocionales son tan atroces que os derrumbaréis. Lloradlas. Reconocedlas. Pero decidid cuándo es hora de seguir adelante y reconocer que la relación no era lo que creíais que sería.

Entonces, encontrad a una persona que vaya a quereros independientemente de lo que pase en vuestra vida, con cicatrices físicas, emocionales y todo. Esas parejas están ahí fuera. A veces, solo hay que besar a un montón de sapos para encontrar al príncipe azul. :)

Tarde o temprano, yo besaré unos cuantos sapos más y esperaré lo mejor.

Sonríete en el espejo al menos una vez al día. Eres preciosa, tanto si lo sabes como si no.

Besos ~ Laura

—¿Qué cojones has hecho? —preguntó airadamente Hudson Montgomery al entrar por la puerta de mi despacho.

—Pasa, por favor —respondí con sarcasmo, molesto de que el hombre hubiera encontrado la manera de entrar a los despachos ejecutivos, y durante el fin de semana. Aunque ni siquiera me molesté en cuestionarme cómo se había producido esa violación de la seguridad. Sabiendo lo que sabía ahora sobre Hudson, no me cabía duda de que podía abrirse paso a través de cualquier equipo de seguridad.

—¿Has leído su puto blog? —gruñó Hudson en tono furioso mientras tomaba asiento frente a mi escritorio—. Sentía su dolor irradiando a través del maldito ordenador, por mucho que hablara de sanar, y no me gusta. Laura se ha convertido en una segunda hermana para mí y tú eres un idiota. Probablemente es lo mejor que te ha pasado en la vida. ¿Acabas de dejarla?

—Estuve evitando sus llamadas unos días. Pero ayer hablé por teléfono con ella. La llamé porque sabía que necesitábamos un final —reconocí—. Le dije que no creo que pudiéramos continuar con la relación. No es como si me lo discutiera.

Cierto, tampoco me había explicado, así que probablemente merecía su frío adiós antes de colgarme el teléfono.

—Joder, ¿esperabas que discutiera contigo? La has tratado como una mierda desde que se recuperó. Me dijo que ignorabas sus llamadas y que básicamente desapareciste. —Hudson sonaba furioso—. No interferí entonces. Supuse que entrarías en razón. Pero cuando leí ese blog esta mañana, me arrancó el corazón de cuajo. ¿Qué demonios estás haciendo, Mason? Sé de sobra que la quieres.

A mí también me había partido el corazón, pero no quería admitírselo a Hudson. Nunca entendería lo que había tenido que hacer. Mi primo y yo habíamos decidido hacer las paces finalmente y hablábamos de vez en cuando, principalmente por teléfono. No podía decir que fuéramos amigos. Más bien éramos adversarios amistosos.

Él había compartido abiertamente cada faceta de su vida y yo tuve que reconocer que sentía un respeto a regañadientes por el tipo y sus hermanos debido a algunas de las cosas que había descubierto que no eran de conocimiento público. Por mi parte, yo no le había contado prácticamente nada y, como todavía no me había sincerado con mis hermanos, sus hermanos y su hermana todavía no sabían siquiera que yo existía. Lo cual me parecía bien. La mayor parte del tiempo.

—Mi relación con Laura se ha terminado —dije en tono estoico—. Se terminó desde el día en que estuvo a punto de morir por mi culpa.

—Por mi culpa —me corrigió—. Soy yo quien la invitó a ese restaurante.

Levanté una ceja.

—Olvidas que solo lo hiciste para llegar hasta mí.

—Esta conversación es ridícula —estalló—. ¿De verdad estás dispuesto a dejar escapar a una mujer que te quiere tanto? Puede que algunos de nosotros seamos desagradables e irritantes, pero nunca habíamos tenido a un Montgomery estúpido en el montón.

—Soy un Lawson —gruñí.

—Eres ambos —replicó—. Y te he preguntado si has leído su publicación del blog.

—Sí —respondí con aspereza.

—Le has hecho daño y me gustaría darte una paliza hasta que te duela tanto como a ella. No se merece esto de tu parte, Mason. Especialmente teniendo en cuenta que tú la quieres tanto como ella a ti.

Perdí los estribos al golpear mi mesa con la mano tan fuerte que repiqueteó. —¡Sí, maldita sea! La dejaré escapar si eso significa que estará segura y feliz durante el resto de su vida. A veces, el amor tiene que ser más fuerte que el deseo de estar con alguien. Tiene que ser lo bastante fuerte como para desprenderse con el fin de proteger a la persona que amas. ¿Sinceramente crees que me resultó fácil ver a Laura sufrir tanto dolor? ¿O el dolor emocional del trauma? Casi me mata y la quiero tanto que no puedo volver a verlo nunca. Si está conmigo, siempre será el blanco de algún lunático que pueda venir y volver a hacerlo o peor. Y es lo bastante independiente como para querer un poco de libertad. Demonios, probablemente nunca la habría dejado ir sola a ningún sitio sin mí allí. No puedo aprisionarla de esa manera. No puedo. —Tenía la voz ronca de emoción incontenible.

Hudson me miró boquiabierto.

—¿Así que esto es un autosacrificio de mierda? ¿Estás intentando protegerla?

—¿Por qué otro motivo lo haría si no? —pregunté con la respiración agitada—. Mientras siga unida a mí, será el blanco de toda la gente a la que arruiné en el pasado. Recibo amenazas de muerte con regularidad. Prefiero dejarla marchar que saber que le hice daño de cualquier manera.

El día en que Laura me dijo que me quería fue el mejor y el peor de mi vida. En ese momento, en el segundo en que las palabras salieron de su boca, supe lo que tendría que hacer para protegerla.

—¿Acaso te molestaste alguna vez en darle esa opción? ¿Le ofreciste un acuerdo? Entiendo que quieras protegerla. Joder, yo quiero protegerla. Pero eso no significa que ambos tengáis que pasaros la vida como zombis porque tengáis el corazón roto. Es una locura, Mason. La quieres, ¿verdad?

Yo le lancé una mirada asesina.

—Acabo de decir que sí. Demasiado. No le he importado una mierda a nadie desde el día en que os dispararon a los dos. Y no, no hablamos del hecho de que no estaba segura mientras estuviera conmigo. No hay acuerdo posible. O es un blanco conmigo, o está a salvo lejos de mí.

—Tienes un aspecto horrible —observó—. Pero la cosa es que la seguridad nunca está garantizada. En la vida pasan estas mierdas, sin importar lo cauteloso que puedas ser. Cualquiera de nosotros podría morir en un accidente de avión o incluso cruzando la calle. No puedes protegerla de todo lo malo en la vida.

—Y eso me volvió loco —rugí—. Debería ser capaz de protegerla. Pero no lo fui. Quería que fuera feliz, así que acepté no ponerle un equipo de guardaespaldas en San Diego.

—Un equipo de seguridad no habría ayudado —dijo Hudson con gesto adusto—. Todo ocurrió muy deprisa. Yo estaba sentado allí mismo, con ella, y no pude evitar que recibiera un disparo. Así que no te culpes por eso.

Me mesé el pelo con una mano.

—No puedo evitarlo.

—Olvida el tiroteo. Ya pasó. Esta vez, eres tú quien le ha hecho daño. Mucho —dijo en tono acusador.

—Entonces, ¿qué demonios quieres que haga?

Hudson vaciló un momento antes de decir:

—Negocia. O simplemente dile que, para tu paz mental, necesitas que lleve guardaespaldas hasta que estés más tranquilo. El tiroteo ha sido algo que ocurre una vez en la vida, Mason. Las probabilidades de que vuelva a ocurrir son infinitesimales. En realidad, no fue tu culpa ni la mía. Sucedió porque un enajenado acribilló un restaurante. Estás renunciando a toda tu puñetera vida por miedo a ver a Laura herida de cualquier manera. ¿Se te ha ocurrido pensar que no estar contigo la deja en un lugar mucho menos seguro? Sabes que tú vas a cuidar de ella lo mejor que puedas. Y un tiempo juntos sin más problemas te habría ayudado a superar este miedo paralizante. Ahora mismo, está sola. Puede que no sea blanco de tus enemigos, pero hay otros locos ahí fuera.

—No creo que vaya a superarlo nunca. Terminaría con guardaespaldas el resto de su vida —dije bruscamente—. Y está siendo protegida. Tengo unos chicos siguiéndole los pasos. Simplemente les pedí que mantuvieran las distancias y fueran discretos.

—¿Y cuánto tiempo durará eso?

—Hasta que todos se den cuenta de que no nos estamos viendo. En absoluto. O tal vez hasta que sienta que ella estará bien.

—¿Qué pasa si la acosa un fan enfermo o termina con un cabrón que la pega o la viola? ¿Qué pasa cuando elija a alguien que no la protegería ni la trataría tan bien como tú?

Vacilé.

—Lo mataré.

Hudson se encogió de hombros.

—NI siquiera lo sabrías si ocurriera. Podría pasar dentro de un año o más. Creo que, ahora mismo, está demasiado colgada por ti, idiota, por mucho que hable de seguir adelante. Pero mencionó que tarde o temprano besaría a unos cuantos sapos más. Tarde o temprano acabará saliendo con otra persona.

«¡Dios!», me dije. No había pensado en qué podría pasar si Laura empezase a salir con alguien. Probablemente porque no podía soportar la idea de ningún otro tocándola. «Jamás. Es mía. Laura siempre estuvo destinada a ser mía».

—¿Estás empezando a reconsiderar eso de salir de su vida? —preguntó Hudson suavemente.

—No —dije, pero mi convicción no era tan fuerte.

Tenía razón. Yo estaría ahí para Laura. Otro… podría no estarlo.

Hudson se cruzó de brazos.

—¿Cómo te sentirías si yo quisiera hacer de mi relación con Laura algo más? Es una mujer guapa, compasiva, cariñosa, inteligente. Ella ya me importa.

Yo le lancé una mirada ojiplática. ¿Me estaba tomando el pelo Hudson? ¿O hablaba en serio?

—Te mataría —concluí.

Él sonrió con suficiencia.

—¿No te gusta la idea de que nadie más la toque? Bueno, pues más vale que lo superes, porque tarde o temprano terminará con otra persona. Tiene demasiado que ofrecerle a un hombre como para quedarse soltera eternamente.

Hudson estaba fastidiándome y a mí no me hacía ninguna gracia.

—Cabrón —dije con voz áspera.

—Solo estoy intentando hacerte ver la realidad, hombre. Tienes que elegir y no estoy seguro de que no sea ya demasiado tarde para eso, pero, o se la echas a los lobos, que podrían ser buenos con ella o no, o te arriesgas y te aseguras de hacer todo lo que puedas para que esté feliz y segura.

—¿De verdad crees que no quiero estar con ella? —pregunté en tono desesperado.

—No me cabe duda de que quieres —respondió él tranquilamente—. Tienes un aspecto terrible. Te quedaste con ella y te aseguraste de que estuviera sana antes de dejarla tirada…

—No la dejé tirada —contesté malhumorado.

—Lee su publicación del blog —sugirió Hudson—. Cree que la has dejado tirada.

—Lo he leído. Estuvo a punto de romperme el corazón. Si no hubieras venido por esa puerta, probablemente estaría en su casa a estas horas.

—La hacías feliz, Mason. Te quería. Y luego lo echaste todo a perder por tus propios miedos. Nada de esto es racional.

—Me vuelve loco —le gruñí—. No me siento racional.

Por primera vez desde el tiroteo, tuve que pararme a pensar en si Laura realmente estaría más segura conmigo. ¿Estaba mejor conmigo, aunque a veces yo fuera un imbécil? ¿Cualquier otro tipo se obsesionaría tanto como yo por su seguridad? ¿Intentaría hacerla feliz como se merecía? ¿La amaría alguien tan obsesivamente como la amaba y siempre la amaría yo? De acuerdo, puede que la parte obsesiva no fuera buena, pero…

—Ningún chico la querrá nunca tanto como yo —le confesé a mi primo en tono ronco—. No creo que sea posible. Creo que realmente estaría más segura conmigo que sin mí. Habría recibido esa maldita bala por ella sin pensarlo si hubiera sido posible.

—Entonces más vale que encuentres la manera de compensarla por el daño que le has hecho, porque yo quiero hacerte daño a ti por lo que has hecho. A ver, entiendo la lógica jodida de intentar protegerla, pero hacer esta mierda no va a haceros felices a ninguno de los dos. Y Laura se merece tomar la decisión sobre si puede manejar tu manera de quererla. Puede que lo haga y puede que no, pero deberías haberle dado esa consideración en lugar de decidir unilateralmente qué es lo mejor para ella.

—¿Por qué demonios has venido aquí? —pregunté airado.

—Porque, te guste o no, tanto si quieres reconocerme como si no, somos familia. Y Laura me importa. Me gustaría veros felices a los dos —respondió Hudson denodadamente—. Me sorprende que tus hermanos no hayan tenido esta conversación contigo todavía.

—Por el momento, ninguno de ellos me dirige la palabra —le expliqué en tono pesimista—. Creen que soy un estúpido.

Hudson se echó a reír.

—No puedo decir que los culpe.

Yo lo fulminé con la mirada.

—Tengo que pensar. Lárgate de mi despacho.

—En tu lugar, yo pensaría rápido.

—Tócala y te mato —le dije.

Él sostuvo las manos en alto mientras se levantaba.

—No voy a echarme atrás como su amigo, pero no soy la clase de tipo que jodería con la chica de otro. Además, todavía no he encontrado a una mujer que quisiera tomarme.

—Creía que tú y tus hermanos os encontrabais entre los solteros más codiciados del mundo o algo así —refunfuñé—. Los medios de comunicación os persiguen casi todo el tiempo.

Él sonrió de oreja a oreja.

—Tú y tus hermanos también habéis estado en esas listas.

—Sí —reconocí—. Pero todos estamos pillados. Divertíos.

Carter solía recibir mucha atención de los medios de comunicación porque se permitió ser muy mediático como portavoz de la corporación. Pero, en cuanto se casó, las revistillas pasaron a otra cosa.

—Entonces, ¿qué vas a hacer? —preguntó Hudson en tono más serio—. Ya has visto su publicación del blog esta mañana. No me importa lo que dijera. Todavía te quiere. Pero tiene razón. Si no hay esfuerzo por ambas partes, pase lo que pase, una persona sola no puede mantener una relación a flote. Si yo no hubiera venido aquí hoy, no me cabe duda de que habrías entrado en razón. Pero podrías estar quedándote sin tiempo para arreglar esto. Creo que lo que Laura estaba intentando decir es que ya ha terminado de lamentarse por lo que hizo mal.

—No hizo nada mal —farfullé.

—Entonces, ¿las cicatrices no te parecen poco atractivas?

Le lancé una mirada obscena.

—Claro que no. Las detesto porque, cada vez que las miro, me recuerdan que sufrió. Pero también me recuerdan lo intrépida y fuerte que es en realidad. Joder, casi nunca se quejaba, incluso cuando yo sabía que sentía dolor.

Hudson anduvo hacia la puerta con pasos largos.

—Creo que tal vez tengas que arrastrarte un poco.

—Rara vez me arrastro —le informé fríamente. Para ser sincero, no recordaba si alguna vez lo había hecho, pero, por Laura, haría todo lo necesario para que me diera otra oportunidad.

—Si vas a verla hoy, no iré allí antes de irme —dijo Hudson mientras agarraba el pomo de la puerta para marcharse.

Era domingo. Y no pensaba dejar pasar mucho más tiempo antes de volver a verla. No podía.

—Vete a casa —exigí.

—Me voy —dijo Hudson con una sonrisa de satisfacción mientras salía de mi despacho.

Yo lo imité unos minutos después.

Capítulo 24

Laura

Era domingo. Eran casi las seis de la tarde. Y, sí, yo estaba en mi despacho. Pero no estaba esperando que Mason llamara. Probablemente porque no había tenido noticias suyas desde hacía ya más de una semana larga. La última vez que lo había visto fue en mi cumpleaños. Habíamos pasado la velada juntos como le había explicado a Brynn. Y después… nada. Silencio.

Tamborileé con las uñas en la mesa de mi despacho de casa, enojada conmigo misma porque sabía que, en algún lugar de mi cuerpo, quedaba un rayo de esperanza de que Mason podría llamar para explicarme exactamente por qué había abandonado toda nuestra relación.

Tuve que preguntarme cuándo empezaría a desvanecerse esa pizca de expectación cada domingo. Hablaba en serio en la publicación del blog. Ya era hora de que siguiera adelante. A veces no iba a conocer todas las respuestas ni tendría el fin que quisiera. Era obvio que nunca sabría exactamente por qué Mason había dejado de llamar o de responder a mis mensajes. Simplemente tenía que dejarlo estar. Se me escapó una lágrima que sequé airada.

Mason Lawson no se merecía ni un minuto más de mi pena. Ya había llorado bastante por nuestra relación. A esas alturas, debería tener los conductos lagrimales tan secos como desiertos, ya que había llorado a mares toda aquella semana. A partir de hoy, se acabó el deambular como alma en pena. Solo tendría que encontrar algo que me llenase de nuevo. Tarde o temprano.

Me sobresalté cuando mi teléfono empezó a sonar al ritmo de otra canción de Taylor Swift: *We're Never Ever Getting Back Together.* Muy propio para el momento. No es que Mason hubiera intentado volver a enrollarse conmigo, sino que la canción era más un recordatorio a mí misma de que eso no iba a ocurrir.

Cogí el móvil y me quedé boquiabierta al ver quién llamaba. «¿Mason?». En lugar de alivio, no sentí nada más que rabia. ¿Por qué demonios me llamaba ahora? Sin embargo, me pudo la curiosidad.

—¿Hola?

—¿Me abres, por favor? —preguntó bruscamente sin más preámbulos.

Vacilé.

—¿Estás aquí?

—Sí. Me dejé algo aquí. ¿Me dejas pasar?

Mi enfado estalló.

—¿Te presentas sin más un domingo a las seis de la tarde y me dices que quieres subir a mi apartamento después de no haber respondido ni uno de mis mensajes o llamadas durante más de una semana? ¿Estás loco?

—De hecho, sí —dijo tranquilamente—. Déjame subir un minuto.

—No —dije con firmeza y, probablemente, un poco de brusquedad.

—Sí.

—No.

—Por favor.

«Ah, Dios. ¿Desde cuándo dice Mason *por favor*?». Esa palabrita me hizo derretirme. Sentí que mi determinación flaqueaba solo un poco.

—Sea lo que sea lo que dejaras, te lo enviaré —ofrecí de modo cortante.

Mason no solía traer nada cuando venía a verme a casa y yo no me había encontrado nada suyo que se hubiera quedado allí.

—No puedes enviármelo —dijo con obstinación—. Tengo que recogerlo en persona. Es importante.

«Bien. Quiero respuestas, ¿verdad? Quiero terminar. Pues aquí está mi oportunidad. Si quiere recuperar ese artículo desconocido, primero tendrá que responder mis preguntas».

Me levanté y le dejé pasar por la puerta delantera del complejo de apartamentos. Me apoyé contra la pared cercana a mi puerta mientras esperaba a que subiera.

—Puedo hacer esto. Conseguiré respuestas y él conseguirá lo que se dejase aquí. Puedo hacer esto. Puedo hacer esto.

No podía dejar de susurrar mi mantra, aunque en realidad no estaba ayudando. Tal vez tuviera que ver al Mason frío y sin interés para finalmente dar carpetazo a nuestra relación. Quizás tuviera que verlo como era realmente.

«Dios, necesito algo, porque disto mucho de haberlo superado, independientemente de lo que haya publicado en el blog». En teoría, lo que había dicho en el blog era exactamente lo que quería hacer. Pero mi puñetero corazón no conseguía dejar de batallar contra mi sentido común. De hecho, el corazón me latía tan rápido que empezaba a marearme. Me senté erguida cuando sonó el timbre de mi puerta, poniendo la columna rígida para lidiar con aquel encuentro. «¡Puedo hacer esto! ¡Puedo hacer esto!», me recordé. Abrí la puerta y, en cuanto lo vi, estuve a punto de ceder a la necesidad de arrojarme en sus brazos.

Era domingo, así que iba ataviado informalmente con unos pantalones y un polo azul. Se veía exhausto. Parecía que había adelgazado. Su mirada no era fría ni huidiza como había estado esperando. Era sombría y agitada. Parecía… atormentado. En silencio, abrí más la puerta para dejarlo entrar y luego la cerré tras él.

«¡Puedo hacer esto! ¡Puedo hacer esto!».

—Antes de darte lo que sea que te dejaras aquí, me gustaría que me dieras respuestas a unas preguntas —dije con voz fría—. No vas a tomar lo que quieras y a marcharte sin más.

Él avanzó hacia el salón y yo lo seguí.

—¿Podemos sentarnos? —preguntó—. Por favor. Responderé cualquier pregunta que tengas, y quiero decir algo si me dejas. No puedo tomar lo que quiera. Ahora mismo, no.

Si yo me esperaba que estuviera a la defensiva, estaba totalmente equivocada. Se sentó en un sillón reclinable y yo estaba tan nerviosa que me senté en el brazo del sofá.

—¿Qué te dejaste aquí? —inquirí de repente.

Él me miró con esos ojos grises enfebrecidos suyos y solo dijo:

—Mi corazón.

Se me abrieron los ojos como platos mientras lo miraba con suspicacia.

—¿Qué?

—He dicho que me dejé mi corazón aquí. Contigo, Laura. Es tuyo básicamente desde la primera vez que te vi.

«Ay, mierda. Tal vez no pueda hacer esto».

Su tono de voz bajo y solemne hizo que un escalofrío me recorriera la columna.

—Me dejaste tirada —le recordé acaloradamente. No pensaba desmoronarme por su dulce declaración. Había dejado de hablarme durante más de una semana.

—No te dejé tirada, Laura. Estaba aterrado. —Volvió a ponerse en pie y empezó a recorrer la sala como un león enjaulado—. Cuando te dispararon, perdí la cabeza completamente. Creía que la única manera de mantenerte a salvo era alejarte de mí. No deberías haber estado en ese restaurante. No habrías estado allí si mi primo no te hubiera atraído hasta allí con un pretexto. ¿Qué pasa la próxima vez que ocurra algo por mi culpa? ¿Y si un enemigo comercial aparece de repente e intenta hacerte daño o matarte para vengarse de mí? ¿O te secuestra? ¡Dios! Ahora que lo digo, sigo sin estar seguro de estar haciendo lo correcto al suplicarte que me des otra oportunidad. Pero tampoco puedo no ser tu chico, porque sé de sobra que ningún otro hombre te querrá nunca tanto como yo.

El corazón me dio un vuelco al verlo moverse sin cesar por el salón. Cuando recobré el aliento, pregunté:

—Entonces, ¿no devolvías mis llamadas porque no querías que se me asociara contigo?

—Sí. Creía que estarías más segura lejos de mí. No es que te dejara completamente sola en ningún momento. Mis chicos han estado echándote un ojo.

—¿Sí? —pregunté sorprendida.

—Por supuesto.

Dijo aquello como si yo debiera haber sabido que haría que su equipo de seguridad se me pegara al trasero. Yo no los había visto, así que, evidentemente, lo había hecho encubiertamente.

—¿Me quieres? —pregunté en voz baja, no muy segura de qué decir—. Te dije que te quería, pero no me contestaste.

—Quería hacerlo —dijo en tono feroz—. No tienes ni idea de cuánto deseaba decírtelo también. Pero, si lo hubiera hecho, nunca habría podido dejarte marchar. Demonios, ni siquiera puedo ahora y no lo has vuelto a decir.

—¿Puedes parar un minuto, por favor? Me estás mareando, Mason. —Me paré frente a él en su siguiente paso. Él chocó con mi cuerpo, pero me sujetó lo bastante rápido como para evitar que me hiciera daño.

—¡Maldita sea! No hagas eso —dijo con voz cansada—. Podría haberte tirado.

—Quiero que solo hables conmigo —dije en voz baja.

Él me tomó por los hombros y me miró como un hombre torturado.

—He aquí el principal problema, Laura… te quiero demasiado. Te quiero con locura. No puedo soportar la idea de que te pase nada. Casi mueres por mi culpa.

Inspiré hondo y solté el aire lentamente, intentando asimilar qué estaba diciéndome exactamente. Me había alejado porque temía que volvieran a hacerme daño. Estaba obsesionado con no permitir que volviera a suceder. Se culpaba por lo que había ocurrido. Esa fue la que más me molestó.

—Lo que pasó no fue culpa tuya, Mason. Sí, acepté una reunión con Hudson, pero quién dice que no habría comido allí de todas maneras. Simplemente estaba en el lugar equivocado en el momento equivocado.

Vi la culpa grabada en su rostro y se me pasó el enfado. Obviamente, había estado atormentándose por aquello durante bastante tiempo. Él negó con la cabeza.

—Buen intento, pero de hecho estabas allí por mi culpa.

«Dios, qué obstinado es».

—No va a volver a pasar.

—¿Y cómo puedo saber eso yo? —preguntó con voz tensa.

—No puedes. No con certeza. Ninguno de nosotros somos adivinos. Pero yo habría elegido estar contigo sin importar lo que pasara. Tú no me elegiste a mí.

—Creía que lo había hecho —dijo con voz ronca—. Creía que estaba poniéndote a ti por delante. ¿De verdad querrías estar con un tipo que se obsesiona por tu seguridad todo el puto tiempo?

Tuve que contener una sonrisa.

—Siempre lo has hecho. Habría hecho falta un acuerdo, comprensión y tiempo, especialmente teniendo en cuenta lo que pasó. Pero, en lugar de eso, tú elegiste alejarme. Me has hecho daño, Mason. No hablaste de ello conmigo. Simplemente tomaste la decisión de que yo estaría mejor sin ti.

—No fue a propósito. Nunca a propósito —prometió con aspereza.

Yo solté un suspiro agitado.

—Creo que ahora lo sé. Pero no creo que te des cuenta de que necesito que estés conmigo. Necesito saber que no vas a huir cuando las cosas se pongan difíciles

—La cagué —confesó él—. Pero nunca te abandonaría. Nunca más. Dijiste que ibas a seguir adelante. Yo no puedo. Nunca habrá nadie más para mí, Laura. Eres tú. Y es bastante aterrador.

Ahora que comprendía la motivación de Mason, sabía que podía lidiar con ello. El recuerdo de lo sucedido seguía vivo en su memoria de momento, pero se desvanecería con el paso del tiempo. El problema era que nunca supe cuánto miedo tenía de que algo volviera a ocurrirme porque no me había hablado de ello. Sinceramente, si nuestros roles se invirtieran, probablemente yo sentiría lo mismo.

Habría querido aferrarme a él, al menos durante un tiempo, para asegurarme de que no volvía a darme un susto así nunca.

—Podríamos haber trabajado juntos nuestros miedos, Mason.

—Dime que todavía podemos hacerlo, Laura —contestó obstinadamente.

—Ahora mismo, no sé qué decir —respondí yo mientras me movía para volver a sentarme en el brazo del sillón antes de que las piernas cedieran bajo mi peso—. Hace unos minutos, creía que me habías dejado porque habías perdido el interés. Me viste en mi momento más débil, más feo, y di por hecho que yo no era lo que querías.

Se situó frente a mí y acarició mi cabello suavemente con una mano.

—Nunca podrías parecerme débil o fea. Eres la mujer más fuerte que conozco. Leí tu blog. ¿De verdad creías que tus cicatrices podrían ser algo más que una prueba de tu fortaleza para mí?

Un río de lágrimas comenzó a fluir, y yo las dejé.

—No lo sabía. Me dejaste fuera. Ni siquiera me besabas de verdad.

—Si lo hubiera hecho, nunca te habría dejado ir, cariño —musitó—. Te quiero demasiado.

—Deja de decir eso —contesté airadamente mientras le daba un puñetazo en el hombro. —Nunca podrías quererme demasiado. Maldita sea, Mason. ¿No entiendes que yo te quiero igual? Te quiero tanto que…

No conseguí pronunciar ni una palabra más porque, en un abrir y cerrar de ojos, me había levantado, me acunaba en sus brazos y me silenció abalanzándose con sus labios sobre los míos.

Capítulo 25

Laura

Me estremecí a medida que Mason me estrechaba entre sus brazos y me besaba como si no pudiera sobrevivir sin mi boca. Me abracé a su cuello; aquello pareció arrancarle un gemido que vibró contra mis labios. Aquello era lo que quería, lo que necesitaba. Era lo que ansiaba.

«Te quiero demasiado». Eso era lo que había dicho, pero él entendía que era esa clase de pasión de su parte lo que yo anhelaba tener con él. Podía lidiar con la manera loca que tenía de amarme porque yo lo quería exactamente igual. Lo que no podía manejar era que huyera emocionalmente. Cuando me dejó fuera y me apartó, me dejó destrozada.

Ambos resoplábamos para recuperar el aliento cuando finalmente levantó la cabeza.

—Lo siento —jadeó mientras apoyaba la frente sobre la mía—. No pretendía hacer eso. No podía parar.

Yo alcé la mirada hacia él.

—Te echaba de menos. Echaba de menos esto —dije con la voz temblando de emoción—. Hacía mucho tiempo que no me besabas así.

—Te quiero, Laura —dijo con voz grave—. Debería haberlo dicho antes y nunca debería haberte hecho creer lo contrario. Pero a veces no sé cómo manejarnos.

—Tendrás que aprender si vamos a intentarlo de nuevo. No puedo volver a pasar por esto si no estamos unidos —le advertí.

—Cuenta conmigo —prometió—. ¿Vas a darme otra oportunidad?

Yo asentí despacio.

—Supongo que sí, porque te quiero demasiado como para rendirme.

—¡Gracias, joder! —respondió él; sonaba inmensamente aliviado.

—Pero ni se te ocurra volver a jugar con mis inseguridades —le advertí en tono juguetón.

—Como ya he dicho antes, no tienes nada por lo que sentirte insegura —gruñó—. ¿En serio crees que me importa una mierda tu aspecto o cómo son tus cicatrices?

—Cuando no me hablas, mi cabeza siempre se pone en lo peor —le dije con sinceridad—. ¿Qué otra cosa iba a pensar? ¿Cómo iba a saber que estabas intentando protegerme?

—Entonces hablaré hasta que estés harta de oírme.

Yo solté un bufido.

—No estaría mal, para variar.

Por alguna razón, no conseguía imaginarme a Mason empezando a hablar sin parar de todas sus emociones. No lo haría. Pero yo tenía que confiar en que haría lo mejor que pudiera.

—Te quiero —le dije rotundamente—. Pongo mi cordura emocional en tus manos porque no quiero dejarte marchar.

—Nunca te arrepentirás —respondió, como si estuviera haciendo un voto—. Ahora, déjame echar un buen vistazo a esas cicatrices.

Lo golpeé en el hombro.

—¿Qué? ¿Crees que vas a venir aquí como si nada, a quitarme la ropa y a llevarme a la cama?

Francamente, lo único que quería hacer era desnudarlo, pero no estaba dispuesta a dejarlo salirse de rositas tan fácilmente.

—¿No? —dijo en tono decepcionado—. No hay problema. Estoy dispuesto a esperarte. Siempre te esperaré. Puedes avisarme cuando estés lista. Hasta entonces, solo hablaremos. Seremos amigos. Todo se hará según tus condiciones ahora mismo, cariño.

Cuando miré sus hermosos ojos grises, me derretí. Mason no iba a presionarme. Vi que tenía demasiado miedo de que cambiara de idea. «Hará lo que yo quiera. Aunque eso implique no joder hasta que yo lo diga». Puse los labios junto a su oído y susurré:

—No vas a quitarme la ropa porque prefiero quitártela yo a ti.

—Oh, jódeme. Vas a acabar conmigo —gimió.

Alcancé la parte inferior de su camisa.

—Tengo planeado joder contigo, grandullón —dije sintiéndome la mujer más *sexy* del mundo en ese momento—. Pero primero voy a desnudarte.

Mason levantó los brazos, los ojos llameantes. Yo le quité la camisa y la arrojé a un lado. Él permaneció completamente inmóvil cuando puse las manos sobre su pecho y toqué cada centímetro de piel desnuda que encontré.

«Dios, qué rico». Mason siempre causaba una sensación increíble. Todos sus músculos estaban tensos y yo me di cuenta de que era como un barril de pólvora a punto de explotar. Me maravillé de su autocontrol a medida que mis manos descendían, saboreando cada centímetro de sus abdominales duros como piedras hasta que finalmente recorrí ese atractivo rastro de vello que desaparecía bajo la cintura de sus pantalones.

—¿Estás tratando de castigarme? —preguntó con voz ronca.

Yo giré el botón de sus pantalones.

—Puede que un poco —confesé.

—Bien. Puedo soportarlo —dijo, aunque sin sonar cómodo, independientemente de lo que dijera.

Probé la sensación de su enorme erección con la palma de mi mano.

—Qué duro estás, Mason —canturreé.

«Dios, me encanta cuánto me desea». Lo había echado mucho de menos. Quería la locura. La falta de cordura. Quería la desesperación que siempre sentíamos por estar juntos. Era un amor loco, pero yo no lo querría de ninguna otra manera. Me costó bajarle la cremallera alrededor de su enorme miembro, pero finalmente lo liberé y tiré de los pantalones junto con sus bóxer hasta quitárselos de las piernas. Él los apartó de una patada como si estuviera feliz de haberse desprendido de ellos.

Inspiré hondo y largamente mientras inhalaba su aroma masculino, único. Mason olía a Mason. Sencillo, salvaje, desinhibido, carnal, intenso, sensual y completamente delicioso.

—Tienes que ser el hombre mejor hecho que he visto en mi vida —le dije sinceramente.

Él tragó saliva visiblemente, como si estuviera nervioso de veras.

—Soy ancho —musitó, repitiendo las palabras que le había dicho una vez.

Yo le sonreí.

—Pues supongo que los hombres anchos me ponen muy cachonda. A mí me parece que estás buenísimo. —Le di una respuesta parecida a la que me dio él a mí mientras envolvía su miembro con los dedos.

—No lo hagas —me advirtió con voz ronca—. No hará falta gran cosa para que me venga.

Yo usé el pulgar para extender la gota de humedad de la punta alrededor del glande sedoso.

—¿Y eso es un problema? ¿Por qué?

Finalmente, el barril explotó. Mason se abalanzó hacia delante, enterró las manos en mi cabello y tomó el control.

Solté un suspiro de satisfacción contra sus labios mientras él me besaba como si no pudiera esperar ni un segundo más para que nuestros cuerpos se conectaran de alguna manera. Noté saltar los botones de la blusa que llevaba puesta cuando él la abrió y empezó a deslizarla por mis brazos.

—Necesito tocarte, joder —dijo cuando su boca abandonó la mía.

—Maldita sea. Estaba disfrutando de las vistas —dije en tono apasionado y bronco.

—Me toca —exigió al soltar el broche frontal del sujetador hasta que mis pechos fluyeron hasta sus manos—. ¡Dios! Tengo la sensación de que llevo una eternidad esperando para volver a tocar a estas preciosidades.

Dejé caer el sujetador mientras Mason jugueteaba con mis pezones duros antes de descender para atormentar cada uno de ellos con la boca.

—Mason —gemí mientras cerraba los ojos y me perdía en la sensación del hombre que adoraba venerando mi cuerpo—. Jódeme.

—Aún no —gruñó cuando su lengua rodó hacia las cicatrices de mi cirugía y la multitud de procedimientos que habían sido necesarios para salvarme la vida.

Abrí los ojos y dejé que las lágrimas fluyeran libremente. Sin palabras, sabía lo que Mason intentaba decir: que no había absolutamente nada en mi cuerpo que no amara.

—Te quiero tanto. Demasiado —gemí.

—Nunca es demasiado —gruñó dejándose caer de rodillas al tiempo que tiraba de la falda de gasa que me caía sobre las piernas, arrastrando mis bragas con ella.

Literalmente, grité cuando se inclinó hacia delante y enterró la cara en mi sexo, lamiendo y succionando como si su vida dependiera de degustarme a conciencia.

—¡Mason, por favor!—sollocé. Lo necesitaba dentro de mí.

—Por favor, ¿qué? Por favor, ¿haz esto? —preguntó bruscamente justo antes de encontrar mi clítoris y sacudir la lengua sobre el manojo turgente.

—¡Ah, Dios! —musité desesperadamente, a sabiendas de que le suplicaría que me hiciera venirme en unos segundos.

Él no jugaba ni bromeaba. Mason tenía una misión y su objetivo era hacerme gritar su nombre al llegar al clímax sin una sola inhibición presente en mi cuerpo. Ensarté las manos en su cabello oscuro, instándolo a seguir mientras abría las piernas para darle mejor acceso. El hombre ronroneó en señal de aprobación, como un gran felino, mandando palpitaciones por todo mi cuerpo.

—Sí. Ah, Dios. ¡Mason! —grité porque no pude contenerme—. No puedo más, por favor me estás matando, por favor, ¡por favor!

Sumergió sus dedos dentro de mí, usándolos para joderme, y mi cuerpo explotó como un cartucho de dinamita. El orgasmo me sacudió hasta el núcleo y la lengua de Mason estaba ahí para lamer hasta la última gota, alargando el placer hasta que me sentí desnuda y vulnerable.

Jadeé mientras bajaba a la tierra, el cuerpo húmedo y sudoroso. Mantuve una mano en su pelo cuando él se puso de pie y tiré ligeramente mientras exigía:

—Házmelo. Ahora.

Quería a aquel hombre tan dentro de mí que me sintiera como si estuviéramos unidos para siempre. Me besó y pude degustarme en sus labios antes de que él dijera bruscamente:

—Tengo que hacerlo. Ya no aguanto más.

Me estremecí a la expectativa cuando me atrajo hacia la parte trasera del sofá, apoyó mis manos sobre ella y dijo:

—Espera.

Mason nunca me había cogido desde atrás. Siempre había temido que la postura fuera demasiado profunda.

—Sí —siseé, impaciente por que lo hiciera antes de que cambiara de opinión.

Gemidos de satisfacción salieron al unísono de las bocas de ambos cuando se enterró hasta la base en mi interior, las manos aferrándose fuertemente a mis caderas para mantenerme firme. Bajé la cabeza; el placer de que Mason me tomase por completo prácticamente era demasiado para mí. Sentí que vacilaba cuando dijo:

—¿Es demasiado?

—¡No! ¡Por Dios, no pares! —supliqué—. Te necesito así.

Duro y ardiente. Áspero y bruto. Cada centímetro de su ser. Lo anhelaba y necesitaba que ambos quedáramos satisfechos después de haber estado tanto tiempo separados.

Él retrocedió y volvió a penetrarme como una marea.

—Nunca volveré a darte motivos para dudar de mí —gruñó mientras emprendía un ritmo profundo y rápido que hizo que mi cuerpo tamborilease de necesidad desesperada—. Eres mía, Laura. Lo eres desde el momento en que me dejaste hacértelo por primera vez.

—Sí —sollocé, el cuerpo incandescente porque el Mason alfa había vuelto con ganas. Yo adoraba cada parte mandona, exigente y dominante de él. Podía ponerlo en su sitio cuando hacía falta, pero en ese preciso instante, solo quería ser suya.

—Más duro —exigí.

Él me dio más duro y nuestras pieles entrechocando eran lo más erótico que había oído en mi vida.

—Estás empapada. Qué apretada —rugió—. No puedo esperar mucho más.

—No lo hagas —insistí.

Pero debería haberlo sabido. Él no se vendría hasta que yo lo hiciera. Mason rodeó mi cuerpo con una mano y enterró los dedos en mi sexo y me acarició el clítoris con dedos fuertes que sabían exactamente lo que hacían. Estallé y todo mi cuerpo se sacudió mientras yo gritaba su nombre en la cima de mi placer.

—¡Mason, te quiero!

—Yo también te quiero, cariño —gimió a medida que mi cuerpo se abría y se cerraba sobre él para llevarlo al desahogo.

Un rugido animal salió de su boca a la vez que se agarraba fuertemente a mis caderas y se dejaba venirse. Yo lo saboreé. Ese era Mason perdiendo el control por mí.

Justo cuando mis piernas iban a ceder bajo mi peso, él me atrapó en sus brazos y me llevó en volandas hasta el sofá. Se dejó caer sobre la tapicería de cuero y me arrastró con él; mi cuerpo saciado cayó encima de Mason.

Ambos teníamos calor y estábamos sudorosos y completamente satisfechos. Mason envolvió mi cuerpo con los brazos en gesto protector y murmuró palabras incomprensibles en mi pelo mientras me abrazaba.

—Nunca puedes amarme demasiado. —Por fin dijo algo que entendía—. Ámame, Laura. Ámame tanto como puedas.

Yo le acaricié el cuello con el rostro.

—Ya lo hago —respondí con ternura—. Y tú no te preocupes por quererme demasiado. Te necesito, Mason. Puedo lidiar con cualquier cosa que me eches.

—Recuerda que tú lo has dicho —farfulló.

Yo sonreí contra su piel salada, consciente de que, pasara lo que pasara, ahora siempre conseguiríamos solucionarlo. Independientemente de lo distintos que fuéramos, Mason y yo… encajábamos. Estábamos hechos para estar juntos. Mi corazón me decía que estábamos exactamente donde se suponía que debíamos estar. Como él me había dicho una vez, todo lo demás se solucionaría.

Epílogo

Laura

—Cásate conmigo y acaba con mi sufrimiento —farfulló Mason unos meses después mientras me ofrecía el anillo de diamante más bonito que había visto en toda mi vida.

Me había llevado a una de las galas benéficas elegantes que detestaba, pero insistió en que ya no eran tan terribles porque yo estaba allí con él.

Al llegar a casa, sacó una caja de terciopelo rojo de su bolsillo cuando yo estaba sentada en su sofá, quitándome los tacones. Él estaba de rodillas a mi lado, el rostro con expresión atormentada. Recientemente había accedido a vivir con él en su bonita casa. Había vendido mi apartamento, lo cual supuso un compromiso enorme. Aunque no había sido fácil resolverlo todo entre nosotros, yo lo quería tan ferozmente como cuando habíamos vuelto a estar juntos.

Despacio, encontramos la manera de encontrarnos en un punto intermedio. Tal vez yo hubiera cedido un poco más al principio, cuando todos los miedos de Mason seguían frescos en su mente. Pero él se relajó pasadas un par de semanas y finalmente nos encontramos en un punto intermedio.

Yo entendía sus miedos. Él entendía mi necesidad de tener un poco de intimidad. Para recibir la clase de amor incondicional que Mason me mostraba a diario, calmar sus miedos no había sido tan difícil. Cierto, yo sabía que probablemente siempre tendríamos nuestras riñas. Mason se ponía demasiado autoritario. Y, finalmente, yo me ponía firme. Sin embargo, había aprendido que siempre lo haríamos con amor. Mis ojos se encontraron con los suyos y vi que, de hecho, estaba nervioso. Ahora mismo se estaba permitiendo ser vulnerable y su receptividad me conmovió. Ni una sola vez había intentado Mason huir de un conflicto. Se quedaba y lo resolvíamos. Todas las puñeteras veces.

Estiré el brazo y toqué el diamante con cuidado. El diamante central era enorme, pero era perfecto. Me encantaban los montoncitos de brillantes que lo rodeaban, haciendo que pareciera la forma de una flor.

—Es precioso. Y único.

—Igual que tú —dijo arrastrando las palabras y arrancándome una sonrisa.

Me enloquecía la manera en que Mason había aliviado todos los miedos que tenía de que volviera a alejarse. Había sido sincero cuando dijo que nunca volvería a darme razones para dudar de él. Me mimaba descaradamente y me hablaba con total libertad cuando tenía algo en la cabeza. Si empezaba a sentirse muy protector, también hablábamos de eso y yo intentaba encontrar formas de distraerlo. Generalmente, el sexo ardiente era lo que mejor funcionaba.

—Di que sí —insistió con impaciencia—. ¡Dios! Me odio a mí mismo por cada vez que se las hice pasar canutas a mis hermanos por necesitar casarse con sus mujeres. Soy tan patético como ellos, maldita sea.

Yo solté una risita antes de decir:

—Ya sabes que voy a decir que sí.

—No lo sé —me contradijo—. Por eso sigo aquí en esmoquin y con una rodilla hincada en el suelo.

Yo estiré el brazo y acaricié la sombra oscura de su mandíbula con la palma de la mano.

—Sí. Te quiero, Mason. Quiero ser tu esposa.

Él arrancó de un tirón el anillo del estuche y lo arrojó a un lado.

—¡Menos mal! —dijo con lo que sonaba como alivio mientras me deslizaba el anillo en el dedo. —Yo también te quiero, Laura. Siempre te querré.

Me incliné hacia adelante y le di un beso tierno en los labios. Él no lo llevó más lejos. Simplemente me besó una y otra vez, con una delicadeza que me conmovió tanto que empecé a llorar. Finalmente, se apartó y se sentó en el sofá, a mi lado.

—No llores —insistió—. Lo detesto cuando lloras.

Había descubierto que no había nada que diera más pavor a Mason que verme llorar.

—Son lágrimas de felicidad —dije con un sollozo.

Se quitó la chaqueta y luego me atrajo sobre su regazo. Yo suspiré mientras apoyaba la sobre su hombro. Había renunciado a insistir en que pesaba demasiado como para sentarme en su regazo hacía mucho tiempo porque le gustaba tenerme allí. A decir verdad, yo también disfrutaba de estar tan cerca de Mason. Como él me trataba como la mujer más sexy del mundo, yo había perdido casi todas las inseguridades sobre mi estatura, peso y mi cuerpo en general. Había habido muchas noches calurosas y húmedas en las que me hizo amar la forma en que encajamos tan perfectamente.

—Supongo que nunca he entendido realmente el beneficio de llorar cuando estás realmente feliz, pero tendré que confiar en tu palabra al respecto —dijo, sonando más conforme que nunca—. ¿No tienes reservas?

—Ni una. Eres un hombre de palabra —bromeé.

—¿Podemos elegir la fecha pronto? —preguntó pensativo.

—Cuando quieras —respondí de buena gana.

—Mañana —contestó en tono completamente serio.

—No tan pronto —objeté—. Planear una boda lleva tiempo. No tiene que ser una gran boda. Pero me gustaría que toda tu familia esté.

—A mí también —reconoció a regañadientes.

—¿Vas a invitar a tus primos? —Sabía que Mason y Hudson estaban más unidos. Mason no había tenido mucha elección, ya que su primo había sido persistente y Hudson seguía siendo un buen amigo para mí.

—Eso significaría que tendría que contarles la verdad a mis hermanos —caviló.

—Sí —convine.

—Creo que estoy listo para hacerlo ahora —dijo con una certeza que nunca había oído de su boca sobre aquel tema en particular.

—No hay presión —le recordé—. Si no quieres contárselo nunca, depende de ti.

—No creo que suponga ninguna diferencia. Tenías razón. Necesito verlo por mí mismo, aunque yo ya sé que no importará.

El corazón me daba saltitos de alegría al decirle:

—¿Estás seguro?

Él asintió.

—Lo estoy. Ya es hora. Son mis hermanos y, desde que te conocí, me has convencido de que no soy diferente. Soy un Lawson de los pies a la cabeza. Siempre lo seré.

«¡Gracias a Dios!», pensé. Aunque habría apoyado a Mason en cualquier decisión que tomara, me alegraba que por fin supiera con certeza que a su familia no le importaba un carajo que solo compartiera con ellos la mitad de su ADN.

—Sí, sin duda eres un Lawson —dije con una sonrisa—. Eres tan obstinado como tus hermanos.

Él sonrió de oreja a oreja.

—Y tan obsesivo por mi chica como ellos por las suyas.

Sinceramente, Mason estaba mejorando. Las últimas semanas había estado mucho más relajado. A medida que pasaba el tiempo, disminuyó su ansiedad. No es que yo creyera que llegaría el día en que no se tomase en serio mi bienestar, pero podía soportarlo. Lo entendía. Si yo hubiera visto a Mason en una cama de hospital gravemente herido, también habría pasado mucho tiempo acongojada por su seguridad.

Mason guardó silencio unos minutos antes de responder:

—Solo vamos a casarnos una vez. Quiero que tengas la boda de tus sueños.

Le acaricié la nuca con la mano.

—Ya tengo el novio de mis sueños. Con eso me basta.

¿Qué importaba cómo sucediera? Lo único que me importaba era tener al hombre adecuado. Mason era el único chico que nunca creí que fuera a tener. Era inalcanzable... hasta que dejó de serlo. Era el hombre que me quería exactamente como era y había cambiado mi vida para siempre con ese amor.

—Probablemente no soy el príncipe azul que siempre estuviste buscando —dijo secamente.

No, no lo era.

—No lo eres —coincidí—. Eres mucho más.

Su sonrisa se ensanchó.

—Entonces ¿estás dispuesta a dejarme ser el padre de tu bebé?

Yo asentí.

—Espero que lo seas. Creo que me gustaría tener un hijo biológico. Y, si tú estás dispuesto, también podríamos adoptar. Mi negocio va bien y creo que podría bajar el ritmo y tomarme un tiempo para ser esposa y madre.

Contuve la respiración mientras observaba a Mason tragar saliva con nerviosismo.

—Eso quiere decir que tendrás que pasar por un embarazo. Y un parto.

Yo solté el aire que había estado conteniendo. No era reacio. Simplemente no quería verme pasar por el embarazo y el dolor del parto.

—Tú estarás ahí conmigo. Estaré bien.

—Yo no sé si lo estaré —me dijo en tono sombrío—. Pero no voy a fingir que no me encantaría verte conseguir el hijo que siempre has querido.

—Aún lo quiero —reconocí—. Pero ya no lo necesito.

Tenía a Mason y a los niños que pudiéramos adoptar en el futuro. Eso era más que suficiente.

—Yo también lo quiero.

.anté la cabeza y lo miré a los ojos. La sinceridad en su expresión nizo que el corazón me diera un vuelco.

—¿De verdad?

Él asintió.

—De verdad.

—Ya tengo treinta y cinco años. Tendrás trabajo en el futuro próximo.

—Creo que tengo lo que hace falta.

Yo me retorcí al sentir la prueba de su afirmación debajo del trasero.

—Sé que lo tienes —lo provoqué.

Él tomó mi cabeza entre las manos con delicadeza, instándome a mirarlo mientras decía:

—Te quiero, Laura. Tanto si tenemos hijos propios como si no. Es tu decisión, cariño.

El corazón se me encogió tanto que apenas podía respirar. ¿Cómo había podido tener tanta suerte para encontrar un futuro marido como Mason?

—Aunque deje los anticonceptivos, no hay garantías de que ocurra.

Él se encogió de hombros, la sonrisa endiablada de su rostro deliciosamente traviesa cuando dijo con voz ronca:

—Entonces me lo voy a pasar fenomenal intentándolo.

Me eché a reír abrazada a su cuello.

—Creo que en este momento me contento con dejárselo al destino. No creo que pudiera ser más feliz que ahora mismo. Contigo.

Hacía dos años, creía que todo lo que quería era tener un hijo. Ahora era más sabia. Lo que necesitaba realmente era a Mason.

—No hay ningún motivo por el que no podamos empezar a practicar ahora mismo —dijo este con una voz muy, muy pícara.

Yo sonreí mientras agachaba la cabeza para besar al hombre que amaba más que a nada ni nadie en el mundo. No pensaba discutirle el que perfeccionásemos nuestra técnica de hacer bebés, tanto si resultaba en que tuviéramos un hijo como si no. Lo que le había dicho antes seguía siendo cierto. Tal vez era aún más cierto ahora que había sido la última vez que lo pensaba. Quería que tuviéramos un hijo biológico, pero no lo necesitaba. Una vez, creí equivocadamente que tener un hijo era todo lo que quería. Me había equivocado totalmente. Lo que realmente necesitaba era un hombre que me aceptase tal y como era, y que no quisiera cambiar. Alguien que me amara incondicionalmente. Un hombre que me hiciera sentir especial, sexy y totalmente amada. Había encontrado a esa persona en el hombre frente a mí.

—¿Te decepcionarías mucho si no pudiera concebir? —le pregunté en voz baja.

Él sacudió la cabeza inmediatamente y apoyó la mano detrás de la mía, sus ojos clavados en los míos.

—Claro que no. Podemos adoptar y te tengo a ti, Laura. Saber que eres mía es más que suficiente para mí.

Yo le lancé una sonrisa temblorosa. Cada vez que Mason decía algo así, yo me daba cuenta de lo afortunada que era de haberlo encontrado. «Nunca tendré que besar a otro sapo», pensé eufórica. Después de todo, Mason era mi príncipe azul y él también era más que suficiente para mí.

~Fin~

Recuerda hacer la reserva anticipada del siguiente libro de la serie *La Obsesión del Multimillonario, Multimillonario Encubierto,* la historia de Hudson Montgomery.

Agradecimientos

Siempre hay muchas personas en los agradecimientos de un libro, porque muchas son las personas cuyo esfuerzo trae mis libros a la vida.

Muchas gracias a mi equipo personal, Dani, Natalie, Isa y Annette por la energía que dedicáis a hacer que cada nuevo libro sea una publicación de éxito.

No podría hacer esto sin un marido increíble que casi siempre termina solo haciendo la comida y cuidando de otras tareas de la casa mientras yo escribo como loca.

Me siento muy agradecida por mi grupo de fans y mis seguidoras, Jan's Gem's, por todo lo que hacéis para apoyar mis libros.

Y, por último, pero no por ello menos importante, me siento increíblemente agradecida con mis lectoras. Sois todas vosotras quienes me permitís seguir haciendo lo que adoro y ganarme la vida con ello. Gracias por vuestro apoyo continuado y entusiasta a mis multimillonarios.

Besos,
Jan

Biografía

J. S. Scott, "Jan", es una autora superventas de novela romántica según *New York Times*, *USA Today*, y *Wall Street Journal*. Es una lectora ávida de todo tipo de libros y literatura, pero la literatura romántica siempre ha sido su género preferido. Jan escribe lo que le encanta leer, autora tanto de romances contemporáneos como paranormales. Casi siempre son novelas eróticas, generalmente incluyen un macho alfa y un final feliz; ¡parece incapaz de escribirlas de ninguna otra manera! Jan vive en las bonitas Montañas Rocosas con su esposo y sus dos pastores alemanes, muy mimados, y le encanta conectar con sus lectores.

Visita mi sitio de Internet:

http://www.authorjsscott.com
http://www.facebook.com/authorjsscott
https://www.facebook.com/JS-Scott-Hola-844421068947883/
Me puedes escribir a:
jsscott_author@hotmail.com

También puedes mandar un Tweet:
@AuthorJSScott
Twitter Español:
@JSScott_Hola

Instagram:
https://www.instagram.com/authorj.s.scott/
Instagram Español:
https://www.instagram.com/j.s.scott.hola/

Goodreads:
https://www.goodreads.com/author/show/2777016.J_S_Scott

Recibe todas las novedades de nuevos lanzamientos, rebajas, sorteos, inscribiéndote a nuestra hoja informativa.

Visita mi página de Amazon España y Estados Unidos, donde podrás conseguir todos mis libros traducidos hasta el momento.
Estados Unidos: https://www.amazon.es/J.S.-Scott/e/B007YUACRA
España: https://www.amazon.es/J.S.-Scott/e/B007YUACRA

Otros libros de J. S. Scott

Serie La Obsesión del Multimillonario:

La Obsesión del Multimillonario ~ Simon (Libro 1)
La colección completa en estuche
Mía Por Esta Noche, Mía Por Ahora
Mía Para Siempre, Mía Por Completo

Corazón de Multimillonario ~ Sam (Libro 2)
La Salvación Del Multimillonario ~ Max (Libro 3)
El juego del multimillonario ~ Kade (Libro 4)
La Obsesión del Multimillonario ~ Travis (Libro 5)
Multimillonario Desenmascarado ~ Jason (Libro 6)
Multimillonario Indómito ~ Tate (Libro 7)
Multimillonaria Libre ~ Chloe (Libro 8)
Multimillonario Intrépido ~ Zane (Libro 9)
Multimillonario Desconocido ~ Blake (Libro 10)
Multimillonario Descubierto ~ Marcus (Libro 11)
Multimillonario Rechazado ~ Jett (Libro 12)
Multimillonario Incontestado ~ Carter (Libro 13)
Multimillonario Inalcanzable ~ Mason (Libro 14)

Serie de Los Hermanos Walker:

¡DESAHOGO! ~ Trace (Libro 1)
¡VIVIDOR! ~ Sebastian (Libro 2)
¡DAÑADO! ~ Dane (Libro 3)

Próximamente

Multimillonario Encubierto ~ Hudson (Libro 15)

Made in the USA
Middletown, DE
02 November 2020